KB165286

이중 연인

ROMAN
COLLECTION
013

이중 연인

전경린 소설

나무옆의자

차 례

1

"그는 정장을 입고 내게 왔어. 그런 모습은 처음이어서 이제 막 결혼식을 마친 남자 같았지. 그는 꽉 끼는 구두를 신고 배달된 택배처럼 현관에 서 있었어. 나는 두어 걸음 물러서서 바라보다가 다가가 구두를 벗겨 주었어. 그리고 그의 다리를 끌어안았지. 그는 나를 일으켜 세워, 그대로 방으로 밀고 가 침대에 눕혔어. 실내복 치마에 얼굴을 묻고 그사이 자신의 바지와 속옷을 벗었지. 그는 푸른빛 도는 검정 수트와 새하얀 셔츠에 굵은 빗금무늬 넥타이까지 맨 상태였어. 눈을 감지 마. 그가 내 귀에 속삭일 때 새 양복의 천 냄새와 사무실의 서류 냄새와 택시 안의 방향제 냄새 같은 것이 났어. 그는 내가 자신의 얼굴을 확인하길 원해. 나도 그의 얼굴을 보는 게 좋아. 처음부터 끝까지. 하지만 갑자기 장난기가 발동해 넥타이를 풀어 내 눈을 가렸어. 넥타이 폭만큼 좁다란 어둠 속에서 그가 움직이자 나는 곧바로 절정에 빠져들었어. 그건 최고의 쾌락이었어. 뭐랄까, 정말 어른이 된 기분, 모든 비밀을 다 알게 된 기분, 내가 더할 나위 없이 성숙한 기분이었어. 그런데 이상하지. 그와 함께 절망감이 깊어졌어. 절망감은 우주만큼 커지는 것 같았어. 그가 넥타이를 걷어 주었을 때 난 울고 있었어. 그 얼굴, 한 사람에게 단 하나의 얼굴이 있어서 얼마나 다행이었는지. 그의 얼굴이 아니면 쾌락도 비밀도, 성숙마저도 끝없는 추락일 뿐 아무 의미도 없는 것이었어."

"아름답네."

이열이 말했다.

"수완, 정말 어른이 되고, 많은 비밀을 알게 되고, 완전히 성숙하면, 우린 어느 정도 절망하게 되는 거야. 그게 당연한 거야. 그래서 단 하나의 얼굴을 찾아야 하는지도 모르지."

나는 어쩌다가 그런 이야기까지 이열에게 했을까? 술도 취하지 않은 맨 정신으로. 이열은 어떻게 그런 이야기를 들어주었을까? 아마도 문을 열어 두자는 약속 때문이었을 것이다. 그때 이열과 난 문을 열어 둔 특수 관계였다. 우리를 이어 준 것은 서로에 대한 막연한 호감과 삶에 대한 호기심, 그리고 끊을 수 없는 끌림이었다. 우린 관대했다. 손익보다, 질투나 시시비비보다, 도덕보다 우선하는 건 아름다움이었다. 그게 뭐든, 아름다우면 괜찮았다. 나머지 일은 별 상관이 없었고 딱히 서로에게 고집을 피우거나 뭔가를 요구하는 사이도 아니었다. 우린 비스듬히 어긋난 채로 서로에게 문을 열어 두기로 했고, 알 수 없는 일들을 함께 지나가려 했다.

이열을 처음 본 건, 유 선생의 생일 모임에서였다. 보쌈집의 길쭉한 방 안에 둘러앉은 사람들 사이에서 그는 가장 젊은 남자였다. 화가들, 미술 평론가와 교수, 한복 디자이너, 보석 디자이너, 신문기자와 아트 매거진 기자인 나, 그리고 내분비 내과 의사까지 있었다. 심지어 그쪽 지역구의 국회의원 비서까지 왔으니 중구난방이었다. 일 차 생일 파티에 빠진 부스러기 친분을 끌어모은 냄새가 났다. 나이 든 사람의 생일이란 친분을 다지기 위한 좋은 명분이다. 나는 마침 그달에 유 선생의 인터뷰 기사를 내보낸 인연으로 초대를 받았다. 이열과 나는 대각선 방향으로 마주 앉았는데, 건배사를 붙인 축하주가 여러 번

돌고 자리가 좀 안정되었을 때 시선이 가끔 부딪쳤다. 외국어를 쓸 것 같은 인상이었다. 나는 중국어, 일본어, 독일어, 영어 순으로 가능성을 떠올렸다. 뭔가 궁리하는 듯한 눈빛과 사탕을 물고 있는 듯 무표정한 입 주변이 이상하게 마음을 끌었다.

유 선생은 규모가 큰 갤러리를 한자리에서 오래 운영했고, 미술 에세이와 미술관 탐방기도 여러 권 낸 유명 인사였다. 타고난 매력과 친화력과 잘 계산된 영향력 덕분에 오래된 인맥의 동심원 안으로 새로운 사람들이 끊임없이 유입되는 듯했다. 예순두 살인데도 그녀는 자타가 공인하는 대로 관능적인 미인이었다. 유 선생은 관능의 두 요소를 우아함과 청신함이라고 강조했다. 하지만 그녀의 우아함은 도를 넘어서고 있었다. 인터뷰이는 아무리 전략적으로 대답해도 결국 자신의 전체를 노출하게 된다. 단 한 번의 인터뷰였지만 나는 그녀에게서 탐욕과 허영의 수준을 넘어선 부패를 보고 말았다. 다른 사람들도 다 알고 있으면서 그 나이에 그 정도야, 하며 모르는 척하는 것 같았다. 사회적 관계란 서로의 허물을 봐주면서 필요한 것을 주고받는 것이다. 그날 유 선생은 머리를 모아 올리고 가슴이 깊숙이 팬 검정색 실크 드레스를 입고 가슴 위쪽 새하얀 피부와 주름이 늘어진 쇄골 사이에 알이 굵은 흑진주 목걸이를 걸고 있었다. 드러난 새하얀 귀에는 아무 장식도 없었다. 대담하지만 간결하게.

　좌식은 개인 영역이 불분명한 데다 그날따라 자리 운도 나빠서 양쪽에 앉은 남자가 은근히 무릎을 밀며 침범하고 있었다. 그즈음에 나는 아는 사람들이든 모르는 사람들이든, 좌식 방 안에 많은 사람과 있으면 초조해지면서 마음이 답답해지곤 했다. 증상은 약해지다가 심해지기를 반복했고 병원에서는 사회생활 하는 여자들에게 흔히 있는 불안 증세라고 했다. 심장이 빨리 뛰는 증상을 느끼면서도 마음을 가라앉히며 음식을 먹는 시늉을 하고 있는데 유 선생이 생일 주를 들고 자리를 돌다가 내 곁으로 왔다. 유 선생은, 두 사람은 처음이구나, 하며 이열을 소개했다. 이열과 나는 명함을 나누어 가졌다. 옆 사람도 명함을 요구하는 바람에 주변의 다른 사람들에게도 명함을 돌리고 받는 절차를 밟아야 했다. 내 옆에 앉은 유난히 피부가 흰 남자는 보석 디자이너였고, 유난히 피부가 검은 남자는 국회의원 비서였다.

　밀라노에서 유학했고 오 년 전에 자기 브랜드를 론칭했지만 어디까지나 자신은 사장이 아니라 디자이너로 불리기를 바란다는 보석 디자이너는 갑자기 말이 많아졌다. 일종의 직업병인지, 모든 여자는 보석에 약하다고 믿는 것 같았다. 시종일관 내게로 몸을 틀어 고개를 기울이고 이야기했는데, 혈색 좋은 선홍색 입술이 술과 침에 젖어 축축했다. 나는 반대쪽으로 방석을 조금 밀며 자세를 바로잡았다. 하지만 피해 봤자 또 다른 옆자리 남자 쪽으로 붙는 셈이니 불편한 건 마찬가지였다. 국회의원 비서는 줄무늬 넥타이까지 맨 정장 차림이었는데 과연 정치적이고 야심만만해 보였다. 권력의 역학에 길이 든 지극히 관습적인 남자. 그런 남자는 여자도 정치적인 힘이나 검은 전략으로 움직일 수 있다고 여긴다. 혹은 명명백백한 돈의 힘으로도. 그가 눈을 치켜뜰 때마다 이마에 주름이 잡히며 자신에게 없는 힘을 위장하거나 영향력을 과장할 때 드러나는 야비함이 엿보였다. 초대객들이 축하주로 가져온 위스키와 와인이 모두 개봉되고 몸 안으로 들어가 섞이면서 사람들은 나지막하면서도 맹렬하게 떠들고, 가운데 자리에 앉은 유 선생은 자주 웃음을 터뜨렸다. 낮고 탁하면서도 청명한 고음이 섞여 드는 웃음소리였다.

자리가 파할 무렵 국회의원 비서는 뜬금없이 내 지역구의 국회의원이 누구냐고 물었다. 두 달 전에 이사해서 모른다고 하자, 그는 지역구의 국회의원도 모르면서 지적 유행의 거품이나 일으키는 여자들이 너무 많다고 한탄을 했다. 눈을 뻔히 뜨고 공개된 자리에서 언어폭력을 당했지만 때마침 사람들이 자리에서 일어나는 중이어서 대응할 틈이 없었다. 식당 문 앞에서 유 선생이 손님들과 작별 인사를 하는 사이에 국회의원 비서는 몸을 내게로 바짝 붙이더니 어느 동네에 사느냐고 또 물었다. 자기 차로 데려다주겠다는 것이었다. 그는 지역구 국회의원 운운했지만 실은 내가 사는 동네를 알고 싶었던 것이다. 딴에는 우회해서 치근댔다는 걸 알아채자 어이가 없었다. 나는 발끈 화를 내며 팔을 잡는 그를 밀쳐 내고 돌아섰다. 거기 이열이 서 있었다.

"갑시다."

내내 별 말을 걸지 않았던 사람이 계속 지켜보기라도 한 듯 가장 난감한 순간에 끼어든 것이었다. 어둑한 밤의 그늘 속에서도 그의 눈이 은비늘처럼 빛났다. 저 눈은 뭐지, 하는 심정이었다. 그는 알았을까, 자신의 눈 속에 깃든 사랑을. 술 취한 일행들이 얽혀 어수선하게 헤어지는 늦은 밤의 식당 앞이었다. 둘이 마주 보고 서 있기엔 부적절한 장소였다.

이열과 나는, 대리기사나 콜택시를 기다리는 사람들을 남겨 두고, 유 선생에게 인사도 못 한 채 언덕길을 말없이 걸어 내려 왔다. 서늘하고 맑은 밤공기 속에 청량한 모과 향기가 나서 긴 숨을 몇 번 들이마셨다. 도시의 불빛이 반사되어 푸른빛이 도는 밤하늘에 군데군데 엷은 구름이 끼어 있고 구름 사이로 별이 희미하게 돋아 있었다. 오랜만에 본 밤하늘이었다. 큰길에서 택시를 잡았을 때, 이열은 나와 함께 뒷좌석에 탔다. 택시가 출발하자마자 보석 디자이너에게서 전화가 왔다. 그는 내가 하늘로 솟았는지 땅으로 꺼졌는지 갑자기 사라진 신묘한 능력을 알고 싶다고 너스레를 떨었다. 그러면서 자기 매장에 방문해 보석들을 평가해 주기를 바란다며 초대했다. 보석에 관한 안목이야말로 성적 취향의 세련미와 성숙미를 반영한다는 무모한 논리를 들으며 나는 이열의 숨소리를 의식했다. 보석엔 문외한이어서 관심 없다고 얼버무리고 전화를 끊었는데, 성적으로 미숙한 문외한이라고 고백한 기분이 들었다. 나는 이열을 쳐다보지 못하고 전면을 향한 채 말했다.

"오늘은 이상한 날이에요. 옆자리 남자들이 늘 그런 건 아닌데."

"늘 그런 건 아니라고요?"

"늘 그러면 어떻게 일을 하고 살겠어요. 하늘에 별의 배치라도 바뀌었나 봐요. 갑자기 핫한 여자가 된 기분이니."

"보석 디자이너와 국회의원 비서 사이에 앉아 좌불안석하더군요. 중간에 자리를 박차고 나갈 것도 같은데 나가진 않고요. 그 모습 보는 재미로 앉아 있었어요."

"나도 덕분에 숨을 쉬었어요."

"내 덕분에요?"

"말없이 앉아 있는 헛헛한 파워요."

"아."

그는 자신의 헛헛함에 대해 아는 듯했다.

"남자들은 혼자인 여자를 귀신같이 알아보고 수작을 걸어요. 그게 신기해요."

내가 혼자인 것을 고백해버린 셈이었다.

"여자들은 못 알아보나요?"

"여자도 알아봐요. 그쪽 혼자죠?"

이열이 클클거리고 웃었다. 뜻밖의 웃음소리였다. 젊은 남자 같지 않고 아버지 웃음소리를 흉내 내는 것만 같았다.

"유 선생님 갤러리에서도 일을 했나요?"

미술 평론가이며 큐레이터라고 적혀 있었던 명함을 떠올리며 물었다. 가볍게 꺼낸 화제였는데 그 순간 말이 끊어지고 긴 장감이 생겼다. 예민한 질문을 했나, 하는 생각이 들었다. 하지만 어디가 문제인지 알 수 없었다.

"오 년 정도 일했어요. 그곳을 떠난 지 이 년쯤 되었지요."

막상 음성은 아무렇지 않은 듯 심상했다.

"지금 일하는 미술관에서는 장기 출장이 잦아요. 일 년에 절반은 일본과 유럽, 홍콩에서 사는 셈이에요."

"그런 생활 힘들진 않아요?"

"정서적으론 한국보다 외국 생활이 더 익숙해요. 열한 살까지 마카오에서 살았거든요."

"마카오요?"

놀라 얼굴을 돌리고 이열을 쳐다보았다. 어쩐지 외국어를 쓸 것만 같았던 첫인상이 납득되었다. 마카오로 여행을 다녀온 지 얼마 되지 않아서 짙은 아프리카 향신료 냄새가 생생하게 떠올랐다.

"광둥어를 하겠네요?"

"그렇죠. 일본어도 조금 하고, 불어와 독일어도 조금 하죠, 영어는 기본이고."

어딘가 결이 다르다고 느꼈지만, 나와는 너무 먼 세상의 사람 같았다.

"열한 살 때 아버지가 죽은 뒤, 엄마와 돌아왔어요. 트렁크 몇 개만 싣고요."

간단한 문장에 인생의 기나긴 이야기와 슬픈 무게가 함축되어 있었다. 마음이 막막해지며 뉘이을 날이 벼오르지 않았다. 택시가 밤거리를 달리며 일으키는 바람과 바퀴가 메마른 도로에 마찰되는 질감이 느껴지는데도 어쩐지 중력을 벗어나 둥둥 떠 가는 것만 같았다.

"이런 말을 하게 될 줄은 몰랐는데."

이열이 솜털 같은 눈으로 나를 보았다. 처음 본 남자의 마음이 내 몸에 물컹 닿았다. 나도 그런 말을 듣게 될 줄은 몰랐던 밤이었다.

2

그날 밤 침대에 누웠을 때 뭔가 심상치 않은 일이 생겼다는 느낌이 들었다. 이열이 한 말들이 차례로 다시 떠올랐다, '갑시다'에서부터 '이런 말을 하게 될 줄은 몰랐는데'까지. 봄의 솜털 같이 여린 눈과 뜻밖의 낮은 웃음소리도. 그가 입었던 희미한 체크무늬 바지에 생각이 미칠 때마다 실소했다. 체크무늬 바지라니, 그런 스타일의 남자는 상상도 해본 적 없었다. 같은 계열의 무채색 셔츠와 재킷에 흡수되었으니 다행이었다. 길이 든 것으로 보아 평소 그런 차림새인 듯했다. 나는 오직 혼자만 아는 비밀을 간직한 것만 같은 자긍심과 기쁨과 외로움을 느꼈다. 언젠가 숲속 물가에서 처음으로 갯버들을 발견하고 봄을 깨달았던 때처럼. 언젠가 이열에게 그날 밤의 눈빛에 대해 자세히 이야기해 주고 싶었다. 너보다, 내가 먼저 알았어. 네 눈 속에 온 사랑을.

그 주의 토요일 열한 시에 이열과 나는 헌책방 앞에서 만났다. 내가 택시에서 내렸던 장소였다. 내가 사는 은하수빌라는 은 공예점과 수제화점 사이의 도로 안쪽에 있었다. 마을버스가 다니는 상점 거리엔 중국집과 가정식 백반집, 작은 빵 가게와 꽃집, 헌책방과 손뜨개질 가게, 수입양품점, 편의점과 미장원, 마트, 부동산중개소 같은 작은 가게들이 시장 입구까지 줄지어 있었다. 어느 동네나 있는 가게들이지만 유난히 은 공예점과 손뜨개질 가게가 몇 개나 있었다. 큰 도로로 걸어 나가 정원이 있는 레스토랑으로 들어갔을 때, 작은 분수에서 떨어지는 물방울들이 햇살에 부딪혀 수정처럼 빛나고 있었다. 그날따라 물방울은 날개라도 달린 듯 천천히 떨어졌다. 정원의 높은 담을 뒤덮은 넝쿨 잎들이 붉게 물들고 얼굴에 닿는 바람결의 온도가 체온보다 낮아서 청량했다.

그날 파라솔 그늘이 반쯤 드리운 정원의 테이블에 앉아 브런치를 하며 세 시간을 보냈다. 이열과 나는 삼 년 만에 만난 절친

끼리 쌓아 둔 회포를 풀듯 쉴 새 없이 이야기를 나누었다. 일에 대해서, 어린 시절에 대해서, 일상생활에 대해서, 그동안 다닌 여행에 대해서……. 커피를 석 잔째 리필할 때, 문득 그런 생각이 들었다. 시간을 함께 보내는 건 우주에 함께 실려 있는 것이다. 시간이란 우주 질서의 구체적 현현이니까.

나는 이열의 외모가 마음에 들었다. 뺨이 어딘가 소년 같다는 것만 빼고. 왜 그런지 사탕을 문 것 같은 뺨은 아직도 마카오에서 돌아온 어린 소년 같은 데가 있어서 슬펐다. 하지만 단단해 보이는 턱은 어른 남자였다. 눈빛은 여리지만 총명해 보이고 한편 예리했다. 부드럽지만 조금 어두워서 안쪽 어딘가에 어두운 비밀을 숨겨 둔 것만 같았다. 그렇게 키가 크지 않은데도 기린이나 곰이나 코끼리 같은 커다란 동물처럼, 큰마음의 규모가 느껴졌다. 살결은 희지 않았다. 약간 그늘진 색, 햇볕을 좋아하는 남자의 살결이었다. 가슴과 허리와 복부로 내 시선이 미끄러질 때면 목 뒤쪽으로 전율이 지나갔다. 탄탄해 보였지만 어딘가 공허하고 쓸쓸해서 자꾸만 시선이 갔다.

이열은 마카오에서 사원 근처의 낡은 아파트에서 살았다고 했다. 바람에 향 피우는 연기 냄새가 날려 오고, 바닷바람과 향

연기 때문에 창살과 발코니 난간이 빨리 삭고 전자 제품의 수명이 단축된다고 어머니는 투덜댔다.

"아버진 건설회사에 다녔고, 마마는 내가 좀 자란 뒤부터 다양한 가게에서 파트타임 점원 일을 했어요. 하교하고 빈집에 돌아오면 부엌 바닥에 놓인 커다란 주전자에서 미지근히게 식은 말리화 찻물을 따라 마시고 샤워를 했어요. 그리고 옷을 갈아입고는 소파에 누워 커다란 타월로 몸을 싸매듯 덮고 오수에 빠져들었지요. 그해의 오후가 요즘도 생각나요. 그 후론 다시없었던 포근한 시절이었거든요. 아버지가 살아 있었던 마지막 해였어요. 오후 네 시쯤엔 늘 같은 시간에 자전거를 타고 오는 집배원이 아파트 계단을 오르며 우편물을 배달했어요. 집배원이 다녀가면 과외지도 교사가 방문하고, 그녀가 나가기 직전에 마마가 장바구니를 들고 귀가했어요. 매일 신선한 재료를 사 두면 곧이어 퇴근한 아버지가 요리를 했지요. 그사이 마마는 간단하게 청소를 하고요. 두 분은 그런 식으로 가사를 분담했어요."

이열은 아버진 아버지라고 부르고 어머니는 마마라고 부르는 게 버릇이 된 것 같았다.

"아버지는 닭고기나 생선찜 요리를 주로 했는데, 그 시절을 떠올리면 지금도 향신료 냄새가 먼저 몰려와요. 일요일 낮엔 아버지를 쉬게 하고 마마가 만두를 만들었어요. 만두에도 향신료를 잔뜩 넣었지요. 저녁은 외식을 했는데 늘 내장탕을 먹었어요. 내장탕 냄새야말로 압권이지요. 사람의 뇌를 끓이는 것 같은 무서운 냄새가 났어요. 아버진 내장탕을 마지막 한 방울까지 다 마시려고 애썼어요. 다음 일주일을 위한 식사였지요. 난 아버지를 존경했어요. 대부분의 어린 소년이 그렇듯이."

이열이 긴 혼잣말을 하는 동안 나도 그의 그리운 세계에 함께 가 있는 것 같았다. 아버지가 살아 있었던 온전한 세계에.

"그 나이에 아버지가 사고로 돌아가신 건 불행이지만, 어쩌면 행운인지도 몰라. 영원히 젊은 남성상을 간직하게 돼요. 난 늙은 남자를 몰라요."

나도 그랬지만, 입을 다물고 있었다. 언젠가, 나도 그래요, 나도 같아요, 라고 말할지 모르지만, 아직은 쉽게 겹치고 싶지 않았다. 남자가 어린 시절 이야기를 하면 여자에게 마음을 주는 거라고 했는데, 그 말을 누구에게 들었던가, 그를 찾아가 확인해 보고 싶었다. 두 번째 만난 날, 남자가 내게 어린 시절 이야기를 했어요. 내가 마음을 받은 건가요? 이열이 이야기하는 동안, 남중국해에 놓인 다족류같이 무수한 교각을 가진 긴 다리들과 터무니없이 거대한 호텔들이 떠올랐다. 등이 서늘해지는 악몽 속에서 보는 텅 빈 거인의 나라 같았다. 페리 선착장 주변의 호텔들과 카지노들과 테마파크와 노란빛 조명이 비현실적으로 환한 세도나 광장과 거대한 계단 위에 앞 벽면만 남은 성 바울 성당 때문이기도 했을 것이다. 알고 보면 범죄 조직이 많고, 살인 사건이 가장 많이 일어나는 도시 중의 하나였다. 이열의 아버지의 선조는 초기 천주교도의 자손이었는데, 박해를 피해 서해로 밀항해 남중국을 통해 마카오까지 들어가 살게 되었고, 어머니의 선조는 일제강점기에 간도로 이주했다가 천주교 신자가 되면서 마카오로 들어가 자리 잡은 사람들이었다.

"거기 가면 모든 것이 내 기억보다 너무 작고 모든 것이 퇴락해 있겠지요. 난 거긴 가지 않을 거예요."

바다 근처에 있는 아미 사원에 가기 위해 낡은 아파트들이 늘어서 있던 오래된 거리를 지나갔다. 거리는 묵은 매연이 덮여 검었고 아파트마다 초라한 철제 발코니가 기도하는 손들처럼 외부로 나와 있었다. 향 연기에 휩싸인 사원에서 사람들은 한 다발씩이나 되는 향에 통째로 불을 붙이고 양손을 이마 위로 높이 들어 올린 채 굽실굽실 절을 하며 기도했다. 나도 사랑이 찾아오기를 간청하며 기도했다. 다른 일은 내가 노력하면 이룰 수 있었지만 사랑은 내 의지만으로 되지 않았다. 사랑이 어떻게 오는지 도무지 알 수 없었다.

"올해 이월에 마카오에 갔었는데,"

"미안하지만 수완, 듣고 싶지 않아요."

이열이 갑자기 나의 말을 막아서 놀랐다. 나는 이열의 여린 눈빛이 단단하게 응결되는 것을 바라보았다.

"지금은 아니고, 다음에, 이다음에 듣고 싶군요."

누구나 열고 싶지 않은 가방이 있다. 마카오는 이열이 가장 깊은 슬픔을 담아 둔 가방이라는 걸 난 알아챘다. 겨우 두 번째 만남에서, 나는 이열의 밑바닥을 알아버렸고, 그건 너무 빠른 것이었다. 말이 끊어진 채 앉아 있었지만 편안했다. 아무것으로도 대신 채울 수 없는 헛한 쓸쓸함이 거기 있었다. 비어있는 큰 집의 폐원처럼 내가 거닐어도, 빙빙 돌아도, 뛰어놀아도, 제멋대로 나가고 들어와도, 부딪치는 데 없이 자연스럽고 자유로울 것 같았다. 왜 그런지 모르지만 나는 누군가 나를 버릴 것을 먼저 걱정하지 않고, 붙들고 놔주지 않을 것을 먼저 두려워했다. 실은 둘을 똑같이 근심하면서. 최악은 갇힌 채 버려지는 것이었다. 나는 마치 갇힌 채 버려진 기억이라도 있는 것처럼 생생한 공포를 지니고 있었다. 사실, 나는 누가 가두지 않아도 스스로 갇히는 성격이었다. 왠지, 어느 사이에 그렇게 되어버리는 것이다. 난 상대보다 나 자신이 걱정이고 내가 두려웠다. 그러니 갇히거나 버림받거나, 그것은 내 연애의 난제였다. 내가 스스로 갇히면 어느새 알고 나갈 길을 열어 주고, 그러면서도 늘 가까이 있는 이성적인 남자, 그것는 시방에 만산 나의 끔이 었다.

어느 순간부터 정원에 비발디의 〈여름〉이 흐르고 있었다. 우린 가만히 듣고 있었다. 〈여름〉의 선율이 이렇게도 화려했구나. 가끔 들었는데도 생전 처음 듣는 것만 같았다. 가장 좋은 시절이 지나간 것처럼 안타까웠다. 지난여름에는 우린 아직 서로를 몰랐다. 우린 가을 속에 함께 있었다.

3

그다음 주에 이열은 뉴욕 출장이 잡혀 있었고, 나는 야근을 해야 했다. 한 달에 한 주는 머릿속으로 궁리하며 빈둥대다가, 한 주는 아이템 회의하고 섭외하느라 전화통을 붙들고 지내고 한 주는 취재와 인터뷰를 하고 나머지 한 주는 원고 쓰느라 야 근하는 사이클을 반복하고 있었다. 그 사이클 안에서 한 달, 두 달, 한 해, 두 해, 세 해가 겹치며 뭉텅뭉텅 흘러갔다. 서너 군데 회사를 옮기는 사이 정신 차려 보면 스물일곱, 그러다가 어느 사이 서른두 살이 되어 있는 것이다. 특히 지난 삼 년은 일에 묻 혀 지낸 시기였다. 덕분에 경력이 안정권에 접어들긴 했지만.

"얼굴 잊겠어요."

우린 일해야 하는 사람들이었다. 이열의 눈이 뭔가 대견한 것을 보듯 내 얼굴을 보았다. 동공이 작아진 눈, 곤충처럼 순한 눈이었다.

"겨우 눈 코 입을 익혔는데……."

이열의 시선이 내 얼굴 위에 머물러 있자 나는 불편해서 고개를 숙이고 머리를 흔들었다.

"그렇게 보지 말아요."

"왜 그래요?"

갯버들이 얼굴에 닿는 느낌이었다. 간지러웠다. 이열도 뭔가 느낀 듯 얼굴에 수줍음이 스쳤다. 그러자 문득 초점이 정확히 잡힌 듯 이열의 이목구비가 선명하게 보였다. 그 순간 마음이 열리며 왈칵 정이 흘러갔다. 아버지 흉내를 내듯 클클 낮게 웃다가도 허점을 드러내듯 수줍어하는 남자. 이열과 함께 있는 동안 나는 모처럼 즐거웠다. 아니 기뻤다. 이열이 눈앞에서 사라지면 불이 탁 꺼지듯 꺼져버릴 기쁨이었다.

4

이열은 맨해튼 앞바다를 떠가는 페리 사진을 보내왔다. 스태튼 아일랜드로 가는 배, 뉴욕에서 거의 유일하게 바깥에서 시원한 캔 맥주를 마실 수 있는 곳이라는 설명과 함께. 일몰 무렵인지 검은 바다 위에 은비늘이 하얗게 덮여 반짝이고 있었다. 나는 이열의 눈빛을 떠올렸다. 마음이 주춤했다. 이대로 그쪽으로 흘러가도 되는지 마음이 내게 묻는 것 같았다. 나 이대로 흘러가도 될까.

원고를 쓰다가 장난감을 만지듯 사진을 열어 보았다. 창밖에 불이 켜지고 밤이 다가올 때, 아침에 깨어 커피를 마시다가, 출

퇴근하는 택시 안에서. 은비늘이 덮인 검은 바다가 온통 이열의 눈빛 같았다. 사람은 각자 자신의 가슴속에 사랑의 세계를 만든다. 포란기의 새처럼 알을 품고. 그게 상대와 얼마나 관계가 있는지는 알 수 없다. 상대의 짧은 눈빛과 순간의 몸짓, 개연성 없이 툭툭 끊어진 말들과 보내온 사진 한 상 같은 것이 둔시가 되어 자신이 낳은 환영의 세계를 포란하는 것이다. 작은 틈만 있어도 생명이 움트듯, 사랑을 갈구하는 마음속엔 얼마나 쉽게 환영의 세계가 생겨나는지. 평범한 사진이 나의 세계 안에서 이열과 나 사이의 최초의 것, 유일한 것, 의미 있는 것, 손에 만져지는 것이 되었다.

그 뒤로 이열은 간단한 설명을 붙인 사진을 두 장 더 보냈다. 귀국하는 날 아침 숙소의 테이블을 찍은 사진 속에서, 신문과 커피 곁에 놓인 안경을 보았을 때, 몹시도 그리운 감정이 차올랐다.

나는 청혼을 받은 적이 있었다. 상대는 스물다섯 살부터 삼년 동안 교제했던 서교였다. 어찌어찌 마지막 문턱까지 갔다가 결혼이 무산되었을 때 삶의 난폭함을 알게 되었다. 삶이란 강철과 시멘트와 유리로 지어진 냉혹한 인공물이었다. 그에 비하면 사랑은 거품이고, 구름이고, 종이배이고, 새의 깃털이고, 아이스크림이었다. 그렇게도 연약하고 소용없고 흘러가는 것들이었다. 서교 부모의 결혼관은 명확했다. "너는 결혼하면 그 여자와 그 여자가 낳을 아이를 평생 벌어먹여야 한다. 그러니 그 여자가 어떤 값어치가 있는지, 뭘 해 올지를 계산해야 해." 서교 부모의 계산상 나는 기준에 못 미쳤다. 볼 거라곤 없는 집안이었고 엄마와 여동생은 짐 덩어리였다. 사랑이 나를 데려간 곳은 사랑이 없는 폐허였다. 서교에 의하면 나는 누군가 결혼을 반대하기를 기다린 사람 같았다고 했다. 나는 부모님의 마음이 바뀌기를 기다리며 방법을 찾아 노력하기는커녕 순식간에 돌아섰던 것이다. 서교의 말은 사실이었다. 나도 반쯤은 결혼이 내키지 않으면서, 당연한 수순인 듯 구는 서교에게 주도권을 빼앗긴 채 떠밀려 가는 중이었다. 그 와중에 부모의 속내를 알게 되자, 호랑이 굴에서 도망치듯 빠져나온 셈이었다. 나와 헤어진 서교는 그의 부모의 계산대로 밑질 것 없는 결혼을 했다. 결혼한 첫해 나의 생일날 서교가 연락도 없이 찾아왔었다.

밤이 내린 황량한 회사 앞에 허술한 목조 조각상처럼 금세 넘어질 듯 서 있는 그를 보았을 때, 왈칵 눈물이 흘렀다. 그래서 더 화를 냈던 것이다. 아무 쓸모 없는 눈물을 흘리는 나 자신의

미련이 수치스러웠고, 자신이 얼마나 지저분한 짓을 하는지도 모르는, 서교의 감상도 한심했다. 나는 총총히 걸어 도로를 건너고 좁은 길로 마구 들어가 뒤따라온 그를 골목으로 밀어 넣었다. 그리고 두 주먹을 쥐고 온몸을 떨며 욕을 퍼부었다. 어느 집 담 위로 올라온 오동나무에 보랏빛 꽃이 한가득 피어 있던 늦은 봄밤이었다. 서교는 한사코 나를 끌어안으며 몸을 밀어붙였고 나는 또 한사코 밀쳐 냈다. 어느 순간 그의 안경이 벗겨져 내 발에 밟혔다. 안경테와 다리의 접합 부위가 와지끈 부서지는 감각과 함께 서교가 동작을 멈추었다. 나는 내친김에 안경알까지 자근자근 밟았다. 서교는 어두운 골목에서 한 손으로 벽을 짚고 더듬으며 나갔다. 앞이 캄캄했을 것이었다. 그의 뒷모습을 보며, 나 역시 그때까지도 끝을 내지 못하고 무언가를 기다려 왔다는 사실을 깨달았다. 우리가 완전히 헤어진 것은 그날 밤이었다.

백화점 마트에서 카트를 밀며 장을 보다가, 누가 떠민 것처럼 와인 매장에 들어섰다가 도로 나왔다. 그리고 장류와 식품 통로를 지난 뒤 되돌아가 와인 매대 앞에 서서 또 망설였다. 긴 숙고 끝에 중간 가격대의 부르고뉴 와인을 샀다. 와인이라니, 너무 오랜만이었다. 나는 혼자 술 마시는 습관이 없었다. 더구나 와인은 혼자서 따기엔 양이 부담스럽다.

"집에 와인 있는데, 한잔 더 할래요?" 나는 샐러드를 만들며 연습했다. 내 성격으로 볼 때 대견한 용기였다. 가슴속의 결빙 아래로 이월의 시냇물 흐르는 소리가 났다. 얼음 아래로 투명한 피라미 몇 마리가 헤엄치는 것 같았다. 피라미는 너무 투명해서 있는 듯 없는 듯 체벽의 안쪽을 간지럽게 스쳤다. 이열은 첫 만남 이후로 두 번의 데이트에서 나를 집 앞까지 바래다주었으니, 세 번째에도 아마 그럴 것이었다. 이열은 장기 외국 출장을 다녀왔고, 나는 한 건의 인터뷰 기사와 기획 기사를 썼고, 전체 기사를 취합하고 편집해 넘겼다. 그러고 얻은 이 주 만의 데이트였다. 겨우 세 번째 만남이지만 안 지는 한 달이나 되었다. 한 달 안에 강력한 액션이 생기지 않으면 흐지부지한 관계가 되기 쉬웠다. 잘하면 술친구, 아니면 서로 사람이나 연결해 주고 일이나 물어다 주는 지인. 사회생활 속에서 잇속을 챙기며 돌고 도는 서른 살 넘긴 남녀란 이십 대와는 다르다. 사실 유별난 프로필도 아니고 눈에 띄게 예쁜 얼굴도 아니고 드러낼 만한 대단한 몸매도 아니었다. 비비크림으로 겨우 가린 얼굴에 스타킹 신기조차 귀찮아 바지 차림으로 달려 나가 택시 안에서 화장품으로 몇 군데는 메우고 몇 군데는 라인들을 그리고 종일 동분서주하다가 또 하루의 강을 건너고 방에 돌아가 머리카락 말리기도 힘겨워 샤워를 생략하고 겨우 세수만 하고 뻗어버리는 흔한 직장인인 것이다. 그래서 조급한 것이다. 어색한 첫 방문에 술은 필수 아이템. 그리고 첫 방문에는 낭년히 와인이다. 위스키는 너무 세고, 맥주는 너무 약하니까. 편안한 방 안에서 나는 외출복을 벗고, 사적인 모습으로 돌아가 조금 얇고 느슨하고 노출이 있는 옷으로 갈아입을 것이다. 와인을 마신 후 뒷일은 열어 두는 편이 낫다. 되어 가는 대로, 하는 식이다.

그다음엔 이열의 방에 초대받고 싶었다. 사람을 만나면 그의 방이 궁금해졌다. 그래서 서둘러 나의 방을 오픈하는 것인지 모른다. 방은 한 존재의 진정한 현재이다. 꼭 거기까지가 그 자신인 것이다. 방을 보여 준다는 것은, 자기 일상을 소개하는 것이다. 그가 사용해 온 길이 든 물건들. 어딘가에서 묻어온, 혹은 한두 가지씩 모아 온 자신에게만 유의미한 잡동사니들, 그의 존재가 스며든 벽과 소파와 침대와 가구들, 이사할 때마다 버리면서도 골라낸 책들, 십 년 이상 신체 기관의 하나처럼 끼고 산 오디오 같은 보물들, 정이 들어버린 낡은 카펫, 어떤 경위로 들어와 벽에 걸렸으나 이젠 눈길이 잘 가지 않는 그림 두어 점,

자잘한 인생의 기념품들. 독신자들의 방이란 거기서 거기이다. 그리고 어떤 사람들은 자신을 드러내지 않기 위해 미니멀리즘을 선택한다. 취향이나 추억이나 형편을 밖으로 드러내지 않는 방, 그것이 요즘의 유행이다.

방에 대한 나의 강박은 그가 얼마나 독립적인 생태계를 살고 있는지 알아내는 나름의 방식이기도 했다. 서교와 헤어진 뒤로는 그 부분이 가장 중요한 조건이 되었다. 독립한 남자인가 아닌가. 방은 또 성적 강박과도 연결되었다. 섹스를 한동안 하지 않으면 평생 한 번도 해보지 않은 것처럼 감각이 지워지고 개념만 남는다. 오래전에 스케이트를 제법 잘 탔다고 해도, 몇 년이나 타지 않으면 빙판이 낯선 법이다. 물론 몸을 쓰는 동시에 감각의 기억은 깨어날 것이다. 그러니까, 빙판에 오르는 동시에. 하지만 그 전에는 앞을 알 수 없는 일이어서 창피하게 엉덩방아를 찧을 수도 있고, 엉뚱한 방향으로 마구 미끄러져 갈 수도 있으며, 심지어 섣불리 오르다간 얼음판이 도중에 깨어져 바닥 아래로 빠질 수도 있는 위험천만한 모험이었다. 나는 우선 내 방과 짝을 이룰 그의 방을 알고 싶었다. 나의 배경 안에서 내 몸을 더 자연스럽게 열고, 그의 배경 안에서 더 안심하며 그의 몸에 다가가고 싶은 것이다. 빙판에 오를지 말지, 잘 미끄러지며 춤을 출지, 꽈당 넘어질지는 빙판을 디뎌 본 다음의 일이었다. 나는 비교적 간단한 페타 치즈 샐러드를 만들어 냉장고에 넣었다. 그리고 덤덤한 척 검은색 바지를 입고 신발장 안에서 잘 꺼내지 않던 초록색 하이힐을 신고 데이트에 나갔다.

5

설마 그럴까, 하는 사이에 여자가 울기 시작했다. 처음부터 넘쳐흐르는 눈물이었다. 믿을 수 없을 만큼 굵은 줄기의 눈물, 마치 수돗물을 튼 듯 쏟아지는 눈물이었다. 말 그대로 눈물샘이 터진 것이다. 이열과 나의 세 번째 데이트였다. 여자는 울지 않으려고 노력하지도 않고 그치려고도 않고 닦으려고도 않고 소리를 내지도 않았다. 그 직전에 분명히 산호색 블라우스 소매 밖으로 나온 흰 손목을 휘저으며 웃고 있었던 여자였다. 긴 머리카락을 뒤로 묶은 동그란 얼굴과 콧방울이 작고 가는 코에 어울리는 천진스러운 웃음이었다. 여자가 한 마지막 말이 무엇이었던가.

"옵빠는, 옵빠는……."

눈물의 압을 결정적으로 올리고 코끝을 붉게 물들인 말이 그
것은 아닐 것이다. 그 전의 것, 그 전전의 것……. 아마도 일행
과 술자리를 파하고 일어서던 여자가 이제 막 술집에 들어선
이열과 눈이 마주쳐 아, 하던 순간부터 시작된 압력이었을 것
이다. 하지만 모두에게 노출된 장소에서 그렇게 펑펑 울어 대
다니, 나이가 아무리 들어도 앞뒤 가리지 않고 우는 여자가 있
다. 태어난 본성 그대로 살다가 죽을 여자였다. 고요하면서도
격렬하게 우는 여자를 바라보며, 이열이 이 여자에게 무슨 짓
을 했을까, 의심하지 않았다고 한다면 거짓말이다.

여자가 우는 동안 나는 갈등했다. 뜻밖의 장소에서 뜻밖의
시간에 재회한 남녀를 남겨 두고 일어서서 나가야 하는가, 그
치기를 기다려야 하는가. 그 상황에서, 내가 굳이 일어서야 할
것 같진 않았다. 무엇보다 내 부엌엔 심사숙고해서 고른 와인
이 기다리고 있었다. 계획대로 된다면 오늘 밤에 이열과 내가
마실 마지막 술이었다. 유리잔을 닦아 두었고, 페타 치즈 샐러
드가 냉장고에서 식어 가고 있었다. 이열이 전처럼 나를 데려
다주겠지만 나와 함께 내릴지는 택시 안에서 결정될 일이었다.
남자에게 먼저 그런 류의 제안을 한 적이 없어 만에 하나라도,

혼자 택시에서 내리는 경우를 상상하면 심장이 아팠다. 먼저 제안했다가 거절까지 당하면 그걸로 끝인 것이다. 우는 여자를 마주 보기 거북해 화장실에 간다는 핑계로 출입문으로 나가 좀 서성였다. 돌아가니 어찌 된 일인지 상황이 수습되어 있었다.

"미안하지만, 집에 데려다주어야겠어요. 조금 둘러서 가야 하는 동넨데, 괜찮아요?"

테이블에 놓인 안주는 젓가락도 안 댄 상태였다. 시간이 애매해 간식 정도를 먹고 다큐멘터리 영화를 보고 나와 술과 안주를 저녁 삼아 먹으려고 하던 참이었는데, 안주가 오기도 전에 눈물바다가 된 것이었다. 눈물과 안주는 숙적이다. 이른바 초를 친 것이다. 갑자기 배가 고팠지만 나는 그러자고 했다. 그 와중에 이열은 나와 여자를 인사시켰다.

"이쪽은 함수완 씨, 이쪽은 심보라."

이열은 두 여자를 번갈아 보았다.

"보라는 연극배우예요. 수완 씨는 엘(L) 지 기자야."

이열은 보라의 가방을 챙기고 부축했다. 많이 해본 듯 자연스러웠다. 거리에 나가자 보라는 이열을 슬쩍 밀쳐 내고 내 쪽으로 다가왔다. 구두 색도 블라우스와 같이 미끄러운 광택이 나는 산호색이었다. 초록색과 산호색 하이힐이라니 사이좋은 자매님들 같았다. 후회가 몰려왔다. 아무렇지 않게 늘 신던 검정색 단화를 꿰고 나왔어야 했던 것이다. 바지를 입은 것만 해도 그나마 다행이었다.

"만난 지 얼마나 되었어요?"

보라가 물었지만 나는 무례한 질문에 대답하지 않았다.

"저 옵빠 조심하세요."

보라는 이열을 직접 부를 때 유독 옵빠라고 입술을 앞으로 내밀며 힘을 주는 것 같았다.

"뭘 조심하라는 거예요?"

보라는 다 알면서, 하듯이 웃었다. 앞서가던 이열이 돌아보았다. 나는 뭘 조심해야 하는지 당장 알고 싶었다. 왜 사람들 앞에서 대놓고 울었는지도 묻고 싶었다. 택시에 탔을 때 보라는 테이블에 와서 앉았을 때처럼, 손목을 휘저으며 웃었다. 실컷 울고 나면 사람은 어쩔 수 없이 가벼워지는 법이다. 보라는 아직 눈시울과 콧등이 붉은 채로 내게 사과했다.

"집에 와인 있는데, 한잔 더 할래요?"

내가 여러 번 연습한 말을 들으니 실소가 나왔다.

"나 때문에 두 사람 술도 못 마셨는데, 와인 마시고 가요."

이열이 망설이는 사이에 내가 대답했다. 그래요. 속으로 웃느라 방심하기도 했지만 그보다는 궁금증을 이기지 못한 탓이었다. 이미 발이 빠졌으니, 양말을 벗는 편이 나을 것 같았다. 하지만 나는 거절했어야 했다. 심지어 이열이 그러겠다고 해도 내가 거절하고 보라를 집 앞에서 내려주고 끝냈어야 했다. 사람들은 흔히 후회하지 않는다고들 한다. 하지만, 후회해야 마땅한 순간을 놓쳤기 때문에 하지 않을 뿐이다. 후회할 순간을 아는 사람만이 후회하는 것이다.

담이 높은 집이었다. 번호 키가 달린 대문을 열고 들어섰을 때 모과 향기를 맡았다. 정원의 센서 등에 불이 들어오자 노란 모과가 달린 나무가 눈에 띄었다. 모과나무는 작은 잔디밭을 지나 집 안의 거실 통유리창으로도 보였다. 조명을 받은 노란색이 형광 컬러처럼 선명했다. 널찍한 거실 바닥에 놓인 패브릭 소파에 앉아 나무 기둥들과 문살을 살린 유리문들과 서까래를 노출한 천장을 둘러보았다. 오래된 나무 향이 은은하고 부분 조명만 한 실내는 그늘이 깊었다. 벽에 걸린 마티스의 〈춤〉 복제화만 빼면 꼭 노부부가 살 것 같은 집이었다.

"내 집 아니에요. 세 든 집이에요. 방문객들이 꼭 묻거든요."

현관 옆쪽에 유리문이 이어진 복도로 들어갔던 보라가 외투를 벗어 두고 나왔다. 그 안쪽에 침실과 드레스 룸 같은 것이 있는 모양이었다. 보라는 산호색 블라우스와 허리와 엉덩이 선을 드러낸 바지 차림의 외출복 위에 앞치마를 둘렀다. 앞치마라니 뜻밖의 전개였다.

"너는 늘 한옥에 사는구나."

"그렇죠. 겨울에 난방비가 폭탄이지만, 한옥에 익숙해지면 다른 집은 갑갑해서 못 살아요."

보라는 냉장고를 활짝 열고 안을 살폈다.

"마침 홍합미역국을 끓여 두었어요. 오빠가 좋아하는 우니도 있고 아, 옥돔도요. 그제 제주도에서 보내주었어요."

보라는 비닐 백에 든 재료들을 하나씩 꺼내 싱크대에 올렸다.

"집이 제주도야."

문득 반말을 한 이열은 꼬고 있던 다리를 풀고 자세를 고쳐 앉았다.

"연극배우이고."

"아까 들었어요."

나는 뾰족하게 대꾸했다. 살면서 연극배우를 만날 확률은 극히 적지만, 처음부터 이미 알고 있었던 사실인 양 당연하게 느껴졌다. 현실에서 그 정도로 자기감정을 노출할 수 있는 사람은 당연히 배우인 것이다. 보통 사람들은 감정을 제한하거나 누르거나 무시하거나 심지어 부정한다. 하지만 잘 풀린 것 같지 않았다. 양파처럼 동그란 얼굴이 배역을 제한할 게 뻔했다. 평균을 겨우 넘은 키도 문제일 것이다. 꽤나 높은 굽을 신었는지 바지 끝이 발을 푹 덮고 바닥까지 쓸었다. 만약 보라를 인터뷰한다면, 무대 배우로서 자신의 핸디캡을 어떻게 극복하는지 물을 것이다. 재능과 함께 약점을 견디고 이겨 내는 접점에 사람들을 감동시키는 광맥이 있으니까. 하지만 무대에 서지 않는 보통의 여자라면 무척 매력적인 비율을 가진 미인이었다. 광택이 도는 흰 피부이면서 살이 단단하고 목과 다리가 길고 얼굴과 젖가슴과 엉덩이와 장딴지는 둥글고 팔목은 가늘었다. 발목도 가늘 것이었다. 온몸에 바닷가 출신다운 생동감이 가득했다. 아마 수영도 잘할 것 같았다.

나로선 만져 본 적도 없는 어려운 재료들을 주물러 뚝딱뚝딱 상을 차리는 보라를 보고 있으니 궁금증이 다시 치솟았다. 이 옵빠는 대체 왜 저 여자를 무자비하게 울리고 헤어진 것인지……. 부엌 앞에 가서 기웃거리니 보라가 내 마음을 넘겨짚고는 해명했다.

"별스럽게 생각하지 말아요. 그냥, 오빠를 보면 밥을 먹이고 싶어요. 제주도에서 온 음식들을 좋아했거든요. 이거 안 먹고 몸이 말라 어떻게 사나 걱정했거든요. 정말 오랜만에 밥 차려 주고 싶어서 그래요. 아무 뜻 없이 순수하게요."

거침없는 여자, 스스로 행복을 가진 여자, 그래서 펑펑 울 수도 있는 여자였다. 펑펑 울었지만 둘 중에서 관계의 수도권을 쥐고 휘두른 사람은 이열이 아니라 거침없는 보라였을 수도 있었다.

"도와줄까요?"

"도울 거 없어요. 간단해요. 아, 저 방문 열면 상이 있는데 좀 가져다가 펴 줄래요? 오빠는 상 펴고 앉아서 먹는 거 좋아하거든요."

방문을 열고 서 있으니 보라가 채근했다.

"거기 스위치 올리고요."

다용도실로 쓰는 작은 방 안에 한눈에도 묵직해 보이는 사인용 목제 상이 벽에 기대어 있었다. 나는 그놈의 옵빠를 불렀다.

"이열 씨, 상 좀 가져다 펴 주세요."

보라가 내 쪽을 돌아보았다. 자기 손님에게 왜 그러냐는 얼굴이었다.

음식을 먹는 사람은 이열뿐이었다. 보라는 애초에 먹을 생각 없이 상을 차린 모양이었다. 나는 속이 비었는데도 식욕이 없었다. 내 냉장고 속의 보잘것없는 치즈 샐러드에 비하면 진수성찬이었다. 보라와 나는 음식 대신 와인을 마셨다. 토스카나 지역 와인은 놀라울 만큼 신선해서, 젖은 풀잎과 산의 안개와 이슬과 야생화의 향기와 한줄기 차가운 바람을 떠오르게 했다. 아직 술이 되지 않은 것만 같이 순수하고 가벼웠지만 빈속이었던 나는 빠르게 취하고 있었다. 보라는 와인셀러에서 화이트와 레드를 번갈아 꺼내 왔다. 와인은 마실 때는 방심하게 되지만 생각보다 쉽게 취하는 술이다. 취하자 몸이 풀리며 피로가 몰려왔다. 날짜가 다른 날로 넘어갔고 나는 어딘지도 모를 타인의 집 거실에 퍼져 앉아 있었고 몹시 졸렸다.

"우린 대학 이 학년 때 만났어요. 오빠는 제대한 미학과 복학생이었지요. 난 철학 전공자인데 연극배우가 되려고 하니 하나부터 열까지 배워야 할 일투성이였어요. 극단에 들어가 배역 때문에 춤을 배워야 했을 땐, 같이 배우기도 했어요."

"우린 모든 연극을 보러 다녔고 옛날 영화광이었고, 또 모든 미술 전시장을 찾아다녔지."

이열이 덧붙였다.

"그때의 옵빠는 나의 혈육이었고 교사였고 보호자였어요."

보라가 말을 멈추었을 때 또다시 눈물의 홍수가 날 것만 같았다. 보라는 우는 대신 일어나더니 이열에게 허리를 굽히고 팔을 뻗었다. 춤을 청한 것이었다.

반주도 없이 갑자기 왈츠가 시작되었다. 무반주의 춤은 우스꽝스럽기 마련이다. 그러나 보라와 이열의 춤은 너무 자연스러워서 두 마리 새가 노는 것 같았다. 때론 깊이 밀착하고 때론 희롱하는데도 불구하고 허리를 곧추세운 자세와 정확하고 경쾌한 동작으로 인해 우아하고 순수했다. 춤이라기보다는 몸과 마음이 나누는 다정하고 경쾌한 대화 같았다. 나는 둘의 춤과 현란한 그림자와 벽에 걸린 마티스의 〈춤〉 복제화를 번갈아 보았다.

"우리, 오 년 만이에요."

왈츠가 끝나자 보라가 양해를 구하듯 가쁜 숨을 내쉬며 내 쪽을 향해 소리쳤다. 그러나 춤은 이제 시작이었다. 보라는 오디오가 놓인 장식장으로 가 시디를 골랐다. 음악이 흐르자 둘은 눈을 맞추었다. 삼바인지, 살사인지 춤에 문외한인 나로선 분간할 수도 없는 빠른 몸짓의 춤이었다. 굳이 내게 보여 주기 위해 추는

춤 같지도 않아서 정원으로 나갔다. 모과가 너무 샛노래서 발광제라도 묻혀 둔 것만 같았다. 손끝으로 만져 보니 기름이 낀 것처럼 끈끈했다. 나는 모과나무 주위를 천천히 돌았다. 춤이 끝나자 술자리가 이어졌다. 두 시가 넘었을 때 나는 갑자기 수마에 휩싸였다. 이마 위로 모래가 쏟아져 몸을 덮는 것만 같았다. 나는 무의식중에 발목 스타킹을 벗으며, 중얼거렸다.

"이제 누워야겠어요. 바지를 입고 와서 다행이야……."

가물거리는 의식 사이로 마루에 이불을 펴는 보라가 보였다. 이열은 시야에 없었다. 나를 누인 보라는 담요를 목까지 올려 덮어 주며 또박또박 말했다.

"수완 씨, 다음 주 주말에 나의 연극 공연이 있어요. 중요한 공연이에요."

"뭐가 중요하다는 거예요?"

그 와중에도 나는 되물었다.

"오빠 통해 티켓 보낼게요, 꼭 공연 보러 오세요. 꼭요."

보라가 다정하게 새끼손가락을 내밀고는 나의 손을 이끌어 가서 새끼손가락을 꼭 걸었다.

"약속했어요."

보라가 확인했다. 나는 내가 약속하는 것을 보았다. 그리고 내 의식은 모래 속으로 스며드는 물처럼 빠져들었다. 혼몽한 잠결에 이열과 보라가 복도 끝 방으로 서로를 밀며 들어가는 것을 본 것 같았다. 아니 본 것이 아니라 눈을 감은 채 귀로 들은 것 같았다. 복도의 벽에 부딪치고 스치는 두 몸, 문에 부딪치는 쿵 하는 소리와 웃음소리, 문이 열리는 소리, 부스럭거리는 소리, 웃음소리⋯⋯. 듣기만 했는데도 본 것처럼 그릴 수가 있을까. 아니 눈을 감은 채로 보는 것만 같았다. 잠자는 의식 속에서 나는 중얼거렸다. 난 춤을 싫어해. 춤추는 남자라니, 내 타입이 아니야.

깨어났을 때 거실엔 서리가 내린 듯 창백한 달빛이 고요하게 비치고 있었다. 둘은 내 곁에 두 채의 이불을 더 펴고 몸이 얽힌 채 자고 있었다. 보라가 제 자리를 비워 두고 이열의 이불 속에 파고든 모양새였다. 나는 날이 밝기를 기다려 그 집을 빠져나왔다. 한밤중에 택시에 실려 왔으니 어디가 어딘지 알 수 없었다. 연희동 어딘가 같았다. 모르는 길을 걸어 택시를 타기까지 어둑한 새벽길을 무작정 걸었다. 하이힐을 신고 비끗거리며 걷자니 한심하고 힘들었다. 실소도 나오지 않을 만큼 한심했으니, 거의 비참한 수준이었다. 큰 도로에는 헤드라이트를 켠 버스들이 지나다니고 행인들도 간간이 다가왔다. 새벽 버스에 실려 가는 사람들은 넋 나간 표정을 짓고 있었다. 주로 오십 대, 육십 대의 육체노동자들이었다. 건물 청소를 하거나, 회사 급식소에서 조리를 하거나, 도배나 미장일을 하거나, 혹은 아파트를 짓거나, 공장이나 경비실이나 24시간 사우나 업소 같은 데서 교대 작업을 하는 사람들일 것이다. 모진 노동에 지친 몸이 채 회복되기도 전에 어제의 피로 위에 오늘의 피로를 누적하기 위해 실려 나가는 것이었다. 하루 벌어 하루 먹고살아가는 빈손들의 행렬, 내던져진 채 온몸으로 바닥을 쓸며 살아가야 하는 존재들의 외로움과 슬픔, 밑바닥에 구멍이 뚫려 물이 들고 있는데도 구조 신호를 보낼 곳이 없는 이들, 서서히 가라앉으면서도 한사코 비명을 삼키는 이들……. 다행히 이열과 나는 아직 친한 사이가 아니다. 겨우 세 번째 데이트였다. 세 번째에 마가 끼면 끝이었다. 나는 중얼거렸다. 난 그를 좋아하지 않고 잘 알지도 못한다. 다행히.

6

집에 도착해서는 그대로 침대에 쓰러져 자고 열한 시쯤 깨서 이를 닦으며 욕실 거울에 비치는 내 눈을 보았다. 보지 말아야 할 것을 보고 만 가여운 두 눈을. 그러나 이내 가여운 두 눈이 비난하듯 나를 보았다. 사랑이 어떻게 오는지 보았다고 자만한 것이 부끄러웠다. 나는 거울 속의 시선을 피했다. 수신 확인을 해보니 이열에게서 전화가 와 있었다. 아홉 시 사십 분에 한 번, 열 시에 한 번. 아무것도 정리가 되지 않았다. 당혹감과 실망감 위로 낭패감과 수치심이 어리고 그 위로 의혹과 혼란이 차오를 뿐이었다. 서로의 몸을 밀며 복도 끝 방으로 들어가던 모습만 떠올랐다. 사실인지 아닌지 자신이 없었다. 그건 악몽이거나 망상일지도 몰라. 사실이 아닐 거야. 적어도 복도 끝 방에 둘이 들어가진 않았을 거야. 침실에 둘이 들어갔다 해도 무슨 일은 없었을 거야. 이미 헤어진 사람들이 대체 왜 그러겠어……. 오후 다섯 시가 되었을 때 나는 침착하게 냉장고 문을 열고 준비해 둔 페타 치즈 샐러드를 쓰레기통에 버렸다.

저녁 무렵 엄마가 전화를 했지만 받지 않았다. 엄마의 하소연을 들어줄 기운이 없었다. 투자에 실패한 해변의 폐건물, 오년째 물려 있는 거액의 대출, 생활비의 반이나 되는 이자, 계절 따라 번갈아 가며 앓는 관절염과 협심증, 고혈압과 고혈당, 우울증과 불면증, 그리고 무기력하게 뭉개며 노는 여동생, 말끝에 엄마는 흐느끼며 울 것이다. 지긋지긋한 바닷가의 폐건물에 물린 대출 이자의 반은 내가 물고 있었다. 월급 통장에서 사분의 일이 꼬박꼬박 잘려 나갔다. 미칠 정도로 많은 액수는 아니라 해도 때때로 맹수의 이빨에 잘근잘근 씹히는 끔찍한 기분이 들고, 때론 숨이 막히고 무력증이 몰려올 정도는 되는 액수였다. 엄마 덕분에 대학 학자금과 생활비를 빌리진 않았으니 기꺼이 분담했지만 언제까지 버틸지는 알 수 없었다. 나는 엄마를 다독거렸다. 다들 그 정도 빚은 갚으며 살아. 언젠가는 끝이 나겠지. 몸을 잘 챙기세요. 아프진 말아야죠. 이자를 내면서부터는 엄마의 생일도 그냥 보냈다. 명절들, 기념일들도. 더는 엄마에게 쓸 돈도 마음의 여력도 없었다. 전문대학을 졸업하고 만화방에 틀어박혀 만화책을 보거나 집 안에서 열대어나 들여다보며 세월을 보내다 눈치가 보이면 교통비를 대주는 무료 직업훈련원에 등록해 이런저런 자격증이나 모으는 여동생에게도 마찬가지였다. 야근, 빚, 이자, 병든 엄마, 노는 여동생…… . 삶의 무게가 한꺼번에 닥칠 때면 나는 무너지고 싶었지만 좀처럼 무너지지 않았다. 그때마다 오히려 내 안에 우산살 같은 것이 더 팽팽하게 펴지는 것 같았다. 너무 팽팽해서 늑골이 아파 왔다.

밤 아홉 시에 이열의 전화가 왔다. 전화를 받긴 했지만 얼른 말이 나오지 않았다.

"잘 들어갔어요?"

"…… ."

"미안해요."

누구든, 미안하다고 할 때는 얼버무리지 말고 콕 찍어서 무엇이 미안한지 말하면 좋겠다. 아니라면, 한 번 실수를 한 게 아니라 원래, 늘 그러고 사는 사람인 것이다. 나는 소리를 내기 위해 헛기침을 했다. 성대가 모래에 묻힌 느낌이었다.

"나와는, 다르게 사는 분이네요."

목 안이 뜨겁고 묵직한 통증이 느껴졌다. 편도가 부은 모양이었다. 이번엔 이열이 말이 없었다. 전화기를 계속 들고 있다가는 둘이 복도 끝 방에 들어갔는지, 방 안에서 무슨 일이 있었는지 추궁하게 될 것만 같았다. 아직 그런 질문을 할 사이는 아니었다. 내게 권리도 없고 그에게 의무도 없었다. 그로선 그저 미안한 정도가 적절한 것이다. 내가 어떻게 해야 할지는 나의 몫이었다. 하지만 아직 갖지도 않은 것을 잃을 수가 있을까, 시작도 하지 않았는데, 끝낼 수가 있을까. 그런데도 참담함이 가시지 않았다.

"일아 갈 시간이 좀 필요해요. 우리는."

어딘지 천연덕스러운 어투여서 황당하고 얄미웠다.

"그런 일로 섣불리 문을 닫아버리지는 말아요."

그런 일이, 그가 생각하는 일과 내가 생각하는 일이 같은지 알 수 없었다. 갈등을 겪고 미주알고주알 검토하고 분석하고 토론하기에는 너무 일렀다. 심지어 불화하기에도 너무 빨랐다. 아직 어떤 관계인지 이름 붙일 수도 없었다.

"그대로 문을 열어 두면 돼요. 그건 쉬운 일이에요."

무엇이 들어올지 모르는데 문을 열어 두라니, 무슨 헛소리인가, 하면서도 이열에게 관대해지는 마음을 어쩔 수 없었다. 이열은 상대를 관대하게 만드는 능력이 있었다. 나는 끌림과 위화감 사이에 끼어버렸다.

"내게도 문을 열어 둘 건가요?"

"물론."

"무엇이 들어가든?"

"무엇이 들어오든. 그래요, 수완 씨는 뭘 하든 괜찮아요."

백지 계약서를 받은 기분이었다. 생각해 볼게요, 라고 대답할 뻔했다. 하지만 애써 마음을 다잡았다.

"잘 지내요."

일단은 무대응이 나을 것 같았다.

"편히 자요."

나의 회피적인 인사에 비해, 이열은 다음 날 아침에 모닝 인사를 할 것같이 다정한 인사를 했다. 화근이 된 보라의 초대에 먼저 응한 사람은 이열이 아니라 나였다는 사실이 뒤늦게 떠올랐다. 엉망진창이 된 사태에 나도 원인 제공을 한 셈이었다. 호기심이 늘 문제였다. 하지만 호기심을 억누를 수 없었다. 나는 알고 싶어 했다. 늘 그게 문제였다. 마음이 누그러지며 다시 기포 같은 기대가 보글보글 일어나는 것을 누르기 위해 일부러 눈썹을 찌푸려 보다가, 당장 내일 아침에 굿모닝 전화가 올지 오지 않을지 궁금해하다가, 오면 어떻게 대응할지를 생각하는 자신을 발견했다. 이미 시작된 일이었다. 흥분과 화와 기대와 희망이 뒤섞였다. 그중에서 어떤 것도 선택할 수 없었다.

욕실로 가서 치약을 쭉 짜서 양치질을 했다. 그날의 일곱 번째 양치질이었다. 떠올라도 현실의 수면 위로는 떠오르지 않기 위해, 가라앉아도 바닥 아래로는 가라앉지 않기 위해 나는 양치질을 했다. 치아와 잇몸과 혀를 닦으며, 혀뿌리와 심장과 그 아래의 냄새나는 어둠을 떠올리며, 사람 이상도 사람 이하도 되지 말자고 다짐했다. 양치를 한 후에 갑자기 심술이 나 혀를 있는 대로 힘껏 내밀고 손가락으로 잡으려고 했다. 혀는 미끄러운 물고기처럼 손아귀에서 빠져나갔다. 다시 잡으려고 하자 혀는 말리듯이 안쪽으로 달아났다. 손과 혀와 나는 똑같이 놀라고 당황했다. 제멋대로였다. 내게서 달아난 혀를 멍하니 보다가 뜻대로 할 수 있는 게 참 없다는 생각을 하고 말았다. 괜찮아, 괜찮아, 하면서 손가락의 힘을 빼자, 혀도 차차 긴장을 풀었다. 나는 혀 아래로 손가락을 조금씩 더 밀어 넣었다. 혀는 가만히 놓여 있었다. 괜찮아, 괜찮아. 안심한 혀는 엄지와 검지 사이에서 따뜻하면서 뜨겁고 물렁하면서 단단했다. 혀는 생명 자체에 속할 뿐 도무지 내 것 같지 않았다. 내 것과 내 것 아닌 것 사이에 가만히 놓여 있는 낯선 날개 같았다. 때론 제멋대로 날아오르는 날개. 이열의 말이 떠올랐다. 그대로 문을 열어 두면 돼요. 그건 쉬운 일이에요.

7

"괜찮은 제의가 들어왔어."

"어디야?"

"브이(V)."

다연이 낮게 속살거리곤 나의 반응을 살폈다.

"괜찮네."

다연과 나는 늘 그렇듯 점심 식사 후에 회사 휴게소에 앉아 허브 차를 마시고 있었다. 비밀을 털어놓기엔 그만한 시간, 그만한 장소가 없었다. 신문부터 시사 잡지와 패션과 아트 잡지, 여성 잡지와 골프 잡지까지, 계열사가 함께 쓰는 휴게소 한구석은 다연과 나의 삼십 분 지정석이었다. 잡지들이 얇아

졌고 아트와 패션 잡지 중에 하나는 없어질 위기였다. 인원이 줄어드는 속도에 비례해 휴게실도 을씨년스럽게 비어 갔다. 빌딩을 내놓고 이사를 하게 될 거란 소문이 점점 현실성을 얻고 있었다.

"아, 하지만 막상 옮기는 것도 귀찮아. 이 나이에 낯선 데 가서 파고들기도 지겹다."

하지만 다연은 옮기게 될 것이었다. 달리 방법도 없었다.

"수완아, 사무실 만들어서 독립하자. 꾸역꾸역 회사 다니기엔 늦은 나이야. 어딜 가나 낭떠러지라고. 어어 하다가 사라지는 거지."

내가 반응이 없자 다연은 고개를 갸웃했다.

"너 무슨 일 있니?"

다연은 고개를 숙이며 눈을 치뜨고 동공을 굴렸다. 지금 심각하다는 의미였다.

"얼굴 꼴이 말이 아니다."

"눈 떨어진다."

나는 팔을 쭉 뻗어 다연의 턱을 손에 쥐고 위로 들어 올렸다.

"왜 그래?"

"아무 일도 아니야."

"아무 일도 아니란 말이지⋯⋯."

다연은 말 안 하고 견디나 보자는 식으로 되씹었다. 뭐든 털어놓는 사이니, 그래 봤자 시간문제라고 여길 것이었다. 이열은 모닝 전화 같은 건 하지 않았다. 모닝 전화라니, 그런 걸 기대했으니 부끄럽고 한심했다. 이성을 잃은 것이다. 내가 너무 멀리 간 것이다. 다연에게 조언을 들을 필요도 없었다. 다연은 당장 그만둬, 라고 할 게 뻔했다. 이번에야말로 진짜 이상한 신발을 만났네, 라고 할 것이었다. 다연이 왜 남자를 싸잡아 신발이라고 하는지, 언제부터 그랬는지 알 수 없었다. 사는 데 남자가 별 도움이 안 된다는 걸 안 뒤부터가 아닐까.

계획대로 둘이 택시를 탔더라면 이열은 내 집 앞에서 내렸을까, 내 집의 좁다란 이 인용 식탁에서 와인을 마셨을까. 내 방에서 자고 갔을까⋯⋯. 다연에게 털어놓으면 그런 일이 있기 전에 보라와 부딪쳤으니 다행이라고 다독여 줄 것이다. 하지만 다행이라 해서, 참담함과 공허함이 줄어들진 않는다. 무엇보다 다연이 해줄 간명한 충고를 아직 듣고 싶지 않았다.

"우리는 왜 사랑을 하려 할까?"

다연은 중얼거리며 내 눈치를 보았다. 정곡을 찔렸지만 나는 모르는 척하고 차를 홀짝 마셨다. 우리 사이엔 무엇을 해도 괜찮았다. 쌩까는 것도 괜찮고, 혼자 말을 다 하는 것도 괜찮고 말을 가로채는 것도 괜찮고 침묵해도 괜찮았다. 특히 술에 취하면 허용 범위가 더 넓어졌다. 누군가의 흉을 보든, 느닷없이 깔깔거리고 웃든, 느닷없이 울든, 화를 내든, 바보짓을 하든, 의자에서 넘어지든, 술집 주인에게 시비를 걸든, 보하고 쓰러져버리든…….

"수완, 올해 들어 나도 초조해."

다연이 보기에, 내가 초조해 보이는 모양이었다.

"서른두 살은 가임기의 절벽에 선 나이잖아. 부정해도 소용없어. 여기가 길이 나뉘는 분기점이라는 사실은 부인할 수 없어. 사랑? 하고 싶지만, 쿠폰을 모아 커피를 사 마시고, 작은 물건 하나도 사려면 일일이 가격 비교를 하고 다달이 신용카드 할부를 갚느라 목매고 사는 우리가, 돈이 아까워 집에서 염색하는 우리가, 하루에도 수십 번 돈, 돈 하는 우리가 사랑을 할 수가 있을까? 사랑이란 이미 현실 세계를 벗어난 판타지가 아닐까?"

나는 시계를 보았다. 어떤 날은 삼십 분이 느낌보다 훨씬 길었다.

"어느 날은 초조한 나머지 사랑이고 뭐고 아무 남자나 붙잡고 절벽에서 떨어지고 싶은 충동이 일곤 해. 하지만 난 아무 남자나 붙잡고 절벽에서 떨어지지도 않고, 난자를 얼리지도 않고 버텨. 우린 담담하게 버텨야 해. 넌 몰라도, 적어도 난 초조하지 않아."

"그거 다음 달에 기사 써라. 제목은, 사랑하기엔 늦었고 그냥 살기엔 이르다."

"뭐?"

다연이 나를 쏘아 보았다.

"이제 말해 봐. 대체 왜 그러는데?"

이열과 보라가 도취된 듯 추던 춤이 떠올랐다. 수돗물처럼 쏟아지던 보라의 눈물도. 누구나 둘만의 영화를 보는 제삼의 관객이 되긴 싫을 것이다. 불행한 사랑조차, 실연조차 자기중심적이기 때문에 화려한 것이다. 그 자리에선 안 그런 척했지만 새삼 가슴이 아렸다.

"뭔데, 왜 그러냐고?"

다연은 특유의 고문 자세로 두 손을 들어 올리고 다족류처럼 움직였다. 열 손가락을 고물거리며 다가와서 토설할 때까지 턱을 간지를 것이었다. 나는 다가오는 손을 뿌리쳤다. 다연의 충고 덕분에 썸만 타다가 잘려 나간 신발들이 수두룩했다. 게다가 뭐라고 털어놓아도 한심했다. '오랜만에, 아니 몇 년 만에 연애 감정이 생겼는데 말이야, 그 남자가 세 번째 데이트에서 다른 여자와 춤을 추고 복도 끝 방에서 섹스 한 거 같아……' 말 끝나기 무섭게 다연은 '끝' 하고 결론을 낼 것이다. '거지발싸개 같은 해프닝이군. 거론할 가치도 없다.' 할 것이다. 그러면 나는 변명을 할 것이다. '아니, 마지막까지 갔는진 모르겠어. 확실하진 않아. 안 갔을 수도 있어. 그래서 고민하는 거야.' 그러니 고민하는 게 당연하다. 오랜만에 연애 감정이 생겼는데, 그거 귀한 건데.

"네 꼴이 어떤지 아니? 포란하는 새 같다."

겨우 한 달 안 사람이 그만큼이나 나를 괴롭힐 수 있다니, 어딘가 잘못된 것이다. 그런데도 쉽사리 잘라 낼 수가 없었다.

"말 안 해? 말 안 해?"

다연의 열 손가락이 고물거리며 다시 다가왔다. 마침내 손가락들이 턱을 간질이는데도 나는 정말 포란하는 새처럼 꼼짝도 하지 않았다. 품속에 이제 막 낳은 따뜻한 알이라도 품고 있는 것처럼.

8

사진작가 장과 함께 강원도 속초에 작업실을 짓고 이사한 화가를 인터뷰하고 돌아오는 길이었다. 도로가 좋아지긴 했어도 당일로 다녀오기에는 먼 길이었다. 장의 차로 아침에 출발했는데, 저녁 일곱 시가 다 되어 서울로 진입했다. 둘 다 지쳐서 대화도 뚝 끊어진 뒤였다. 살짝 조는 사이 어느 결에 전화가 왔던 모양이었다. 나는 꿈결처럼 스피커폰에서 나오는 음성을 들었다.

"지금 어디 있어요?"

"도로 위. 장거리 출장 다녀오는 길입니다."

장은 스피커폰을 하고 있었다.

"우리 블루문에 가고 있습니다. 일전에 킵 해 둔 위스키 비우러. 어디쯤이에요?"

황경오였다.

"양재 지났어요. 평일인데도 차 좀 막히네요."

"거긴 늘 그렇죠. 블루문으로 오세요. 추가 다음 주에 유럽으로 여행을 간다고 해서 갑자기 만든 자리예요."

그는 내가 자신의 말을 듣고 있을 줄은 꿈에도 모를 것이다. 그의 음성은 이내 좁은 차 안을 메우고 숨을 쉴 때마다 방심한 내 몸 안으로 밀려 들어왔다.

"그래요, 안 그래도 장거리 운전했더니 술 고파요."

"하하, 내가 때를 잘 맞추었네요. 곧 봐요."

전화가 끊어졌다. 남자들끼리 의외로 통화를 상냥하고 예쁘게 한다는 생각이 들었다.

"이 사람, 제이(J) 방송국 황경오 씨?"

"맞아. 어떻게 알아?"

"이 년 전쯤에 봤어. 그때 이 사람이 〈북 앤 피플〉이라는 프로그램 담당 피디였어."

"맞아."

"거기 전문인들이 선정한 책 소개 코너에 초대를 받아 녹화한 적이 있어. 처음엔 작가가 섭외했는데 사양했더니, 나중엔 황경오 씨가 직접 전화했었어. 설득을 잘하더라. 나의 기사 글을 잘 읽었다고. 책 좋아하는 사람인 거 척 보면 안다고, 내가 가장 좋아하는 책을 선정하겠다고 거침없이 말하는데, 이상하게 수락하게 되더라고. 그 뒤 녹화하던 날 보게 되었어."

장은 뭔가 곰곰이 생각하는 듯했다. 나는 황경오에게서 본 빛의 테두리를 떠올리고 있었다. 그가 다가오던 순간 녹화 준비를 하느라 어수선했던 스튜디오의 소음이 아득히 밀려나고 눈앞이 어두워지며 그의 형체가 내는 빛의 테두리만 보였다. 나는 순간적으로 그곳이 어딘지조차 잊고 멈추어 있었다. 그와 나 사이로 영원 같은 시간이 뭉클뭉클 지나가는 것 같았다. 도무지 해독할 수 없었던 경험이었다. 그가 바로 앞에 다가와 인사했을 때 가능한 태연하게 대했지만, 이미 무슨 일이 일어났다는 느낌이 들었다. 그날 사무실로 돌아가자마자 황경오에 관해 알아보았다. 결혼한 남자였다. 알려고 했던 충동은 절벽을 만난 듯 거기서 제동이 걸렸다. 그리고 해독할 수 없었던 경험은 해독이 안 된 채로 거기, 절벽 끝에 멈추어 있었다.

"이 년 전에 한 번 봤다고? 그런데 목소리만 듣고 알아본 거야?"

장은 고개를 갸웃하더니 짐작이 간다는 식의 짓궂은 눈빛을 보냈다.

"이 사람, 혼자야. 이혼했어. 일 년쯤 되었나."

"잘 아는 사이예요?"

"성오 씨는 사실 잘 몰라. 정색을 하고 이야기 나누기보다 술자리에서 툭툭 튀어나오는 말들을 통해서 아는 거야. 그 사람도 산 좋아하고 나도 산 좋아하니까 대화가 통하는 편이고."

장이 힐긋 보았다.

"같이 갈래?"

나는 얼른 대응하지 못하고 망설였다.

"피곤할 땐 한잔하며 풀어야 해."

"막역한 사람들끼리 어울리는 자리 같은데?"

"그 사람들, 서로 지겨워하면서 보는, 대학 동기들이야. 낯선 여자 한 명 끼면 분위기가 확 달라지니 반기지. 그리고 황경오 씨 안다면서?"

나는 마음은 이미 기운 채 생각하는 척했다.

"내 옷자락 잡고 들어가면 돼. 같이 출장 다녀오는 길이라고 하면 누가 봐도 자연스럽고."

어떤 일은 노력하지 않아도 저절로 된다. 먼 길을 다녀와 몸시 지친 날 그냥 빈집에 들어가기는 싫은 저녁나절에 누군가 펴 둔 술자리에 가 앉는 일 같은 거. 하지만 속으론 꽤나 용기를 낸 날이었다. 끌림이 더 강렬하면 저항감은 힘을 못 쓰고 나머지는 저절로 되는 것이다. 그 이상한 경험을 나만 했는지, 혹은 그도 했는지 궁금했다. 그게 무엇이든, 일단은 중력과 자력과 전자파, 혹은 일반상대성이론과 암흑 물질 같은 과학적인 호기심이라고 스스로 평계를 댔다.

회사 주차장에 차를 세워 두고 택시로 가느라 길을 빙 둘러서 가야 했다. 그들은 '블루문'의 하나뿐인 룸에 자리 잡고 있었다. 장이 귀한 손님을 모셔 왔다고 너스레를 떨며 나를 소개했다. 그들은 연극영화과 출신들이라고 했다. 두 번째 본 황경오는 체구가 비슷한 세 명의 대학 동기 남자들 사이에 묻혀 그다지 튀어 보이지 않았다. 그러나 눈빛이 강하고 피부색이 짙고 옷 속의 몸이 단단하고 유연하다는 것은 알아볼 수 있었다. 그는 나를 알아보지도 못하는 것 같았다. 장이 내게 슬쩍 잔을 부딪쳤다. 힘내라는 의미 같았다.

황경오의 대학 동기 세 명과 일 관계로 알게 된 장은 그들과 온도가 약간 달랐다. 셋은 서로를 놀리고, 누르고, 오래전의 일을 꺼내 시비를 가리기도 했다. 위스키와 맥주가 섞이며 술자리가 길어지자 서로 이름 끝에 자를 붙여 부르며 허물없이 서로를 비하하기 시작했다. 장은 오래된 남자 친구들끼리는 다 그러고 논다고 해명했다. 황경오는 오자로 불렸다.

"수완 씨는 목소리만 듣고도 바로 알던데."

좀 취한 장이 산통을 깨고 말았다. 내 편이라고 여긴 장이 그런 식으로 나를 저격한 것이었다. 사람은 한없이 좋지만 눈치 없는 것이 장의 약점이었다. 아, 하는 사이에 장이 덧붙였다.

"예전에, 황경오 씨 프로그램에 출연했다는데, 기억이 안 나나 봐요."

두 친구가 얼굴을 마주 보고 눈썹을 꿈틀거렸다. 그래서 수완 씨가 이 자리에 온 거였어, 그런데 저놈의 오자가 못 알아보니 이런 실례가 어디 있나, 우리의 손님에게 이런 무례를 범하다니, 라고 하는 것 같았다.

"오자, 너는 제명이야."

두 친구가 동시에 말했다. 황경오는 부동 상태로 나를 바라보았다. 그리고 친구들은 초를 세듯 황경오를 쳐다보고 있었다. 일 초, 이 초, 삼 초, 사 초…….

"아, 난 오늘 첫눈에 반했는데."

다들 성공적인 수습이라는 듯 와, 하고 환성을 지르며 술잔을 부딪쳤다. 일제히 술잔을 비웠을 때 황경오가 제의했다.

"나가서 둘이 한잔 더 할래요?"

그러고 친구들을 둘러보며 동의를 구했다.

"그래도 되지?"

다들 된다고 손바닥으로 탁자를 두드렸다. 나는 떠밀리듯 일어섰다. 그 자리에서 버티기보다는 나가는 편이 쉬웠다. 뒤에서 우, 하는 소리가 들렸다.

그렇게 해서 그날 처음으로 '골든 마운틴'에 가게 되었다. 시내 한가운데에 그런 술집이 숨어 있었다니, 그를 따라가지 않았다면 좁은 골목에 간판을 숨긴 그 술집을 영영 모르고 바깥 길로만 지나다녔을 것이다. 목제 대문의 높은 문턱을 넘어서니 티베트 음악이 낮게 흐르고 나무 태우는 냄새가 났다. 오방색 룽따를 얼기설기 엮어 천장을 이룬 마당에 두툼한 멍석이 깔려 있고 사람들은 둥근 상에 삼삼오오 둘러앉아 에베레스트 맥주를 마시고 있었다. 마당 가장자리에 작은 모닥불이 타닥타닥 타오르며 흰 재를 날렸다. 히말라야의 사진들이 벽면을 채운 로비의 카운터 앞을 지나 격자 유리문으로 둘러싸인 실내로 들어가니 향내가 짙게 고여 목 안이 매울 정도였다. 벽에는 어둠 속에 투명한 금빛을 머금은 히말라야 고산 영봉의 사진들이 걸려 있었다. 황경오는 격자창을 따라 놓인 긴 탁자로 나를 데려갔다. 창 위에도 룽따 한 줄기가 드리워 있고 격자창 유리마다 날린 보리수 잎이 한 장씩 붙어 있었다. 보리수 잎 사이로 마당이 내다보였다.

"알아요? 저 첫 사진이 에베레스트예요. 칼라파타르 쪽에서 찍은 거죠. 두 번째는 다울라기리, 세 번째는 안나푸르나, 마차 푸차레."

나로선 알 리가 없었다.

"삼 년 전에 포카라에서 출발해 안나푸르나 라운드를 했어요. 올해는 쿰부로 가서 에베레스트 베이스캠프를 오를 거예요."

굳어 있던 눈이 풀리며 한 인간의 순수한 미소가 황경오의 얼굴에 떠올랐다. 가장 사랑하는 것에 대해 말하는 사람의 긍지와 행복이 어린 얼굴이었다.

"산악인이세요?"

"아마추어지만."

산이 화제에 오르자마자 그의 얼굴이 꽃처럼 피어나는 것을 보며 나는 본능적으로 산을 견제했다.

"산악인 싫은데요."

"유감이네요"

"저 오늘 처음 본 거예요?"

황경오가 고개를 저었다.

"수완 씨가 나를 기억하지 못할 거 같아서, 얌전히 있었던 거예요."

"그런데 첫눈에 반했다고, 농담을 잘도 했네요."

황경오는 나의 말을 무시하고 카운터로 가서 주문을 하고, 전문 산악인 같은 주인과 몇 마디 나누고 돌아왔다. 그는 내 얼굴을 가만히 바라보더니 마치 긴 이야기의 서두라도 꺼내 듯 말했다.

"그거 사실입니다. 오늘이 아니라 이 년 전에."

황경오는 감정을 극적으로 만드는 재주가 있었다. 그와 함께 있으니 기분이 롤러코스터를 탄 듯 가파르게 오르내렸다. 나는 균형을 잃지 않기 위해 노력했다.

"첫눈에 잘 반하나 봐요."

"그런 편이죠."

그가 순순히 인정했다.

"방송국 일로만 아니라, 출퇴근하는 길에도 일주일에 한두 번은 운명의 상대를 마주치니까요. 그렇다고 해서 따라갈 순 없죠. 사람마다 갈 길이 다르고, 난 내 갈 길이 있으니까."

"솔직하네요."

"그때 연락했으면 미친놈이라고 했을걸요. 방송국에 앉아 눈에 띄는 여자들에게 섭외 전화를 하고 방송에 내보내 준다는 핑계로 출연자에게 치근댄다는 누명을 썼겠지요. 그렇지 않나요?"

"안 그랬을 거예요."

내가 빠르게 정정하자, 황경오의 눈 속에 동요가 일어났다. 그래서 왔잖아요, 이 년이나 지난 뒤에. 그 말을 나는 삼켰다. 첫 만남의 충격 같은 건 한참 지난 뒤에야 털어놓을 비밀이었다. 그때 내가 조금 알아보았다고 하면 황경오는 꽤나 당황할 것 같았다. 나는 패를 감추고 새침하게 물러섰다.

"하지만 그때 내게 접근했으면 도망갔을 거예요. 누가 관심 가지면, 마음에 들 때도 다정하게 대하지 못하고 무조건 도망갈 때였거든요."

"왜요?"

"열심히 일하느라고요."

"그런 때가 있죠."

"남자가 지겹기도 했고요."

나는 좀 냉소적으로 말했다. 적당히 닳은 여자처럼 보였을 것이었다.

"지금은요?"

"지금은 일이 지겨워요."

황경오가 귀엽다는 눈으로 하하 웃었다.

"그러니까, 남자가 지겹다가, 일이 지겹다가 하는군."

"쇼펜하우어 말대로죠. 인생은 고통과 권태 사이를 오가는 추라고 했잖아요. 그러면서 세월이 가는 거죠."

그는 생김새에 비해 까다롭지도 않고 무던했다. 아니, 무던한 것 이상이었다. 뭔가 내려놓은 것 같은 느낌, 혹은 이미 넘친 것 같은 느낌, 어딘지 방만하고 무책임한 느낌도 있었다. 황경오가 몇 년 치 휴가를 모아 히말라야에 가고, 평소에도 일요일마다 꼬박꼬박 산에 오른다고 했을 때는 자유인으로 여겨야 할지, 성실한 사람으로 여겨야 할지 알 수 없었다. 아마도 그 둘은 한가지인 모양이었다.

"하지만 술이 문제예요. 술은 내 피의 일부거든요."

그가 그토록 솔직하게, 분명하게 말했는데도 나는 흘려들었다. 히말라야 설산의 눈으로 만들었다는 네팔 맥주를 제법 마시고 취하자 우리는 더 바랄 게 없다는 듯 서로의 구두를 밟고 피하며 무의미한 장난을 치고 이유도 없이 웃음을 터뜨렸다. 세상의 끝, 영원 근처, 말하자면 골든 마운틴 아래에 둘만 가 있는 것 같았나. 병원이란 고요한 곳이고, 맑은 곳이고, 아무도 방해하지 않지 않는 곳이며, 아이처럼 순진무구해지는 곳이다. 가게가 문을 닫을 때 쫓겨나다시피 나와서도 황경오와 나는 헤어지지 못하고 텅 빈 밤의 거리를 함께 걸었다. 내가 사는 동네 쪽으로, 나의 빌라 쪽으로, 내 방 쪽으로.

9

눈을 떴을 때, 곁에 황경오가 잠들어 있었다. 전날 아침에 집에서 나갈 때만 해도, 이 년 전에 본 남자와 침대에 나란히 누워 있게 될 줄은 상상도 못 한 일이었다. 내 코트와 발목 스타킹과 옷가지들이, 그의 외투와 양말과 옷가지들이 방바닥에 던져져 있었다. 기적인지, 재난인지 판단할 수 없었다. 나는 이상한 감동에 휩싸인 채 그대로 누워 있었다. 하나의 음성으로 시작되어 단 하룻밤 사이에 그렇게도 갑작스럽게 낭만적인 욕망에 빠져들다니, 이상한 일이었다. 우리가 얼마 동안이나 동행할 수 있을까, 하는 생각을 했었던 같다. 하룻밤이 전부일 수도 있었다. 혹은 육 개월, 일 년. 뭐 어떠랴 싶었다. 보일러는 외출 상태인지 방 안 공기가 차가운데 '골든 마운틴'에서 묻혀 온 불 냄새와 초와 향내가 희미하게 났다. 흐린 아침이었다. 출근 준비를 해야 할 시간이었다. 나는 욕실로 가 양치질을 하고 커피를 내렸다. 어디선가 첫눈이 내리고 있는 것만 같은 날씨였다. 황경오를 깨우러나가 침대 곁에 서서 잠든 얼굴을 내려다보았다. 모르는 여자의 침대에 눕는 일 정도는 일도 아니라는 듯 이불 밖으로 발 하나를 내밀고 태평하게 곯아떨어져 있었다. 잘생긴 발이었다. 눈썹과 속눈썹은 짙고 꼭 다문 입술 모양은 선명했다. 남성성이 강하면서도 묘하게 하나하나 새침하게 마무리된 예쁘장한 외모였다.

그 순간 언뜻 아도니스를 떠올렸었다. 시간이 흐른 뒤에, 이야기의 한가운데서, 나는 그 사실을 깨달았다. 처음부터 나는 뭔가를 알고 있었다고. 그가 철부지 아도니스인 것을. '그러면 나는 아프로디테 쪽일까, 페르세포네 쪽일까. 나는 봄의 지상일까, 겨울의 지하일까.' 그러나 순간에 나타났던 이미지는 빗방울처럼 의식의 표면에 닿았다가 이내 망각 속으로 흘러내렸다. 황경오가 눈을 떴을 때 나는 얼른 손바닥으로 그의 눈을 가렸다. 심장이 어지럽게 뛰었다. 그는 여기가 어딘지 생각하는 듯 가만히 있었다.

"수완 씨?"

"네."

"여긴 서늘하고 캄캄한 곳이네."

그가 한 손으로 더듬어 내 머리를 만지더니, 등을 쓰다듬고 허리를 부드럽게 당겼다. 그리고 입을 맞추었다. 그의 입안에서 불 냄새와 향내가 났다. 내 손바닥은 계속 그의 눈을 덮고 있었다. 손을 치울 수가 없었다. '나는 아도니스의 겨울인가 보다, 나는 페르세포네 쪽인가 보다' 하는 생각이 들었다.

"양치질했네요."

그는 이제 내가 하루에 열두 번쯤 이를 닦는 양치질 마니아라는 걸 알게 될 것이다. 나의 등에 놓인 황경오의 손바닥에 힘이 주어졌다. 그가 당길지 말지 망설였다. 나의 심장이 부정맥이 온 것처럼 어지럽게 뛰었다. 그가 가볍게 당기자 나는 그의 몸 위로 저항 없이 쓰러졌다. 나는 그대로 침대 속으로 들어갔다. 지각할 각오를 했다.

그날 아침 누가 볼 거라곤 생각도 못 하고 황경오와 집에서 나가 같이 택시를 타고 출근을 했다.

"저녁에 봐요."

회사 근처에 갔을 때 그는 당연히 그래야 한다는 듯 말했다.

"오늘?"

"오늘도, 내일도, 모레도, 그다음 날도 볼 거야. 우린."

진짜인지 장난인지 알 수 없었다.

"안 돼요."

나는 일단 거절했다.

"시간이 안 되면 잠시만 봐도 돼요. 십 분만이라도 봐."

그는 진지했다. 그는 단번에 가까워져버리는 사람 같았다. 그의 세계에선 모든 일이 급류를 타는 듯 빠르게 진행되는 것 같았다.

"생각해 볼게요."

"생각하고 어쩌고 하기엔 늦었어요."

그가 웃었다. 가슴이 두근거리는데, 기쁜 건지 두려운 건지 궁금한 건지 알 수 없었다. 다 같은 의미 같기도 했다.

"조심하는 건 권장할 일이에요. 어떤 남자들은 특수교육을 받은 비밀 요원들이니까. 그 교육 내용은 여자들은 죽을 때까지 모를걸."

"군대에서 받나요?"

그가 예쁘장한 얼굴로 즐겁다는 듯 웃었다.

"비밀 요원답게 특수 기관에서 받지."

그는 농담하고 있었다. 전날 술을 퍼마시고 해장도 못 한 아침에 빈속으로 섹스를 하고, 심지어 웃기려 드는 것이 가상했다.

"여자들도 다 받아요. 남자들은 죽었다 깨어나도 모를걸요."

하지만 나는 내가 하는 소리가 무슨 내용인지 알 수 없었다. 여자들만 아는 특수한 내용이 무엇일까. 남자를 신발이라고 부르는 다연은 잘 알 것 같았다.

"일 잘해요. 전화할게."

어제도 그제도 그 전날도 함께 택시 안에서 노닥거리며 출근한 것처럼 황경오는 자연스럽게 인사했다. 황경오를 태운 택시가 지나간 뒤에 잠시 도로에 서 있었다. 다행히 지각은 면해서 천천히 걸어 로비로 들어갔을 때, 엘리베이터 앞에 서 있던 장을 만났다.

"속도가 너무 빠른 거 아냐?"

"뭐?"

"같이 출근하는 거 봤어. 회사 근처 신호등에서 그 택시와 내 차가 나란히 신호에 걸렸거든."

"우리가 보였어?"

"보이던데. 서로 눈이 얽혀서는 내가 차창 문을 내리고 손을 흔들어도 모르더군."

변명의 여지가 없었다.

"나야 응원군이잖아. 잘 해봐. 어려운 일 있으면 언제든 의논하고."

상의 신심이 느껴졌다.

그날 점심 식사 후 다연과 휴게소에 앉아 있을 때 보라에게서 전화가 왔다. 인사를 나눈 뒤 침묵이 조금 흘렀다.

"전에 말한 연극 공연이, 내일이에요."

보라가 나의 손가락을 당겨 가 제 손가락을 걸던 모습이 중요한 공연이라던 말과 함께 떠올랐다.

"내일, 저녁."

보라가 재차 말했다.

"수완 씨, 그날은 내가 좀⋯⋯. 내 감정에 빠져, 수완 씨 생각을 못 했어요. 내일, 이야기할게요."

눈물을 수돗물처럼 흘리고, 울고 난 뒤엔 이내 쾌활해져서는 당돌한 말을 하고, 밥상을 뚝딱 차려 내고 헤어진 남자를 한사코 끌어안고 춤을 추던 때와는 달리 무척 진지했다. 중요한 이야기라도 있는 것처럼. 그날 처음 보았고 평소에 어떤 사람인지 모르니, 사실은 늘 진지한 사람인지도 모른다. 연기를 할 때처럼 순간순간 온 힘을 다해 그 상황에 빠져드는 것이다.

"옵빠에게, 티켓을 맡겼어요."

내가 대답이 없이 듣기만 해서인지, 그녀는 침묵과 말을 한 땀씩 기우듯 드문드문 말했다. 그사이에 이열과 보라는 또 만난 모양이었다. 그러라지, 그게 무슨 상관인가 싶었다.

"갈게요."

나는 황경오를 떠올리며 선선하게 대답했다. 황경오가 내게 다가와 있지 않았다면 나는 상한 자존심을 회복하지 못했을 것이다.

"잘됐네요. 내일 봐요."

보라와 통화하고 두 시간쯤 지난 뒤 이열이 전화했다. 이열과 나는 연극 시작 시간에 맞추어 동숭동 극장 앞으로 약속 장소를 정하고, 용건만 간단히, 하는 식으로 통화를 끝냈다. 나의 의식은 온통 황경오에게 집중되어 있었다.

황경오의 전화를 기다리는 사이에 어떻게 해야 할지 계속 생각했는데, 뜻밖에도 그가 일이 있다며 내일 저녁에 보자고 했다. 선약이 있다고 하자, 그러면 일요일 아침 일찍 보자고, 아무

렁지도 않게 약속을 돌렸다. 갑자기 발밑의 시간이 빠르게 흐
르는 느낌이었다. 심장이 뛰는 나날에 들어서버린 것이었다.

10

원래 창작극을 좋아하는 편이 아니어서, 이미 들어왔으니 하는 수 없지, 하는 기분으로 겨우 보았다. 극이란 게 원래 과장된 이야기인 데다, 보라는 지나치게 제 역할에 빠져든 것 같았다. 모자란 연기가 있는 것처럼 지나친 연기도 있는 것이다. 나는 연극에 젖어 들지 못하고 대사를 외쳐 대고 무대 위에서 이리저리 움직이는 보라를 좀 힘들게 지켜보았다. 보라는 딱할 정도로 열정적이었다. 커튼콜을 할 때 나는 준비해 간 꽃다발을 형식적으로 안겨 주었다. 극장 문밖에 이열과 나를 서 있게 한 보라는 분장을 지우고, 옷만 갈아입고는 튀어나왔다. 머리카락은 양 갈래로 땋은 채였고 눈가엔 아직 과장되게 그린 검은색 아이라인이 남아 있었다.

"내일이 마지막 공연이에요."

내일 끝나는구나, 하는데 보라가 덧붙였다.

"나의 인생에서요."

보라는 목이 마른지 맥주를 죽 들이켜 잔을 비웠다.

"연극배우로서의 끝, 피네!"

보라는 제 손으로 목을 자르는 시늉을 하고 고개를 테이블 위로 떨어뜨렸다.

"연극이 끝나면 곧바로 떠날 거예요. 토스카나 지역 시에나로요."

보라가 잔을 내밀자 이열이 맥주를 채웠다.

"운 좋게도, 운 좋은 거지요. 멀리 도망칠 곳이 있으니. 큰오빠가 군대 제대하고 무슨 접신이라도 한 듯 무작정 이태리로 여행을 가더니, 드라마처럼 피렌체에서 여자를 만나 결혼까지 해 시에나에서 살 거든요. 큰오빠는 한 번도 돌아오지 않았어요. 거기가 맞는 사람이죠. 가족들의 성화에 못 이겨 내가 몇 번 갔었어요. 친선 대사처럼."

보라는 공연의 연장인 듯 연극조로 말했다.

"수완 씨, 난 여행 가는 게 아니에요. 살러 가는 거예요."

나의 얼굴 아래가 싸늘하게 식는 기분이었다.

"옵빠, 잠시 자리 좀 비켜 주세요."

보라가 눈빛을 보내자 이열이 일어나 밖으로 나갔다. 보라는 소주를 시켰다.

"난 수완 씨가 좋은데, 수완 씨는 내가 싫겠죠. 그날은 미안했어요. 나야 떠나면 그만이지만, 미안하다는 말 꼭 하고 싶었어요. 왜인지 알아요? 오빠가 수완 씨를 마음에 두고 있으니까요. 시작도 하기 전이라는 거 알아요. 척 보면 알죠. 그래서 내가 신경을 덜 썼고요. 그런데도 그렇다고요. 오빠의 눈이 수완 씨의 전부를 이미 담아버렸다고요. 오빤 그런 사람이죠. 그런 식으로 살아요. 그래서, 우는 나를 뿌리치지 못했던 거고요. 오빤 보기보다 여린 사람이고 겉으로 하는 짓보다 착한 사람이에요."

주문한 소주가 오자 보라는 회오리 폭탄주를 두 잔 만들었다. 우리는 잔을 부딪치고 마셨다. 내가 마셔 본 폭탄주 중에 가장 부드러운 맛이었다.

"물어볼 거 있는데, 대답해 줄래요?"

"좋아요. 뭐든."

나는 참아 온 말을 어렵게 꺼냈다.

"그날, 둘이 마지막까지 갔나요?"

"네?"

보라는 못 알아듣겠다는 듯 반문했다.

"복도 끝 방에 들어갔을 때."

"복도 끝 방? 내 침실? 거긴 들어간 적도 없어요."

보라는 그 혼란스러웠던 밤을 되짚다가 고개를 갸웃했다.

"아니에요. 잘 생각해 봐요. 두 사람은 적어도 복도 안쪽으로 들어갔어요."

보라는 잠시 생각했다. 그리고 기억을 되살리며 느릿느릿 말했다.

"오빠와 함께 침실 앞방 드레스 룸에 들어가 손님용 이불을 꺼내 왔지요. 이불장 안에 비좁게 눌려 있던 손님용 요를 꺼내고, 공기를 빼고 압축시켜 두었던 오리털 이불을 부풀리며 장난을 쳤고요. 그러느라 시간이 좀 걸렸지요, 그런데 그때 깨어 있었어요?"

보라는 눈을 커다랗게 치뜨고 등을 의자 등받이에 붙였다.

"오해예요. 수완 씨, 우린 그러지 않아요. 이불 가지고 장난을 치긴 했지만 상상하는 일은 안 했어요. 그렇게 유치한 사람들이 아니에요. 우린 오 년 만에 우연히 만나 춤을 추었을 뿐이에요. 먼 나라로 떠나고, 또 떠나보내는 감상에 취해서요. 춤의 세계에선 상대가 무척 중요하죠. 상대가 없으면 똑같은 춤을 다시는 출 수 없어요. 아무리 그리워도 두 몸이 익힌 춤을 재현할 수 없어요. 하지만 상대를 다시 만나면, 춤을 통해 예전 그대로 다시 돌아오죠."

보라의 눈빛이 자신이 무슨 말을 하는지 잘 안다는 듯 쓸쓸해 보였다. 보라는 고개를 숙이고 폭탄주를 만들어 내게 한 잔을 권했다. 나는 그 잔을 받아 마셨다.

"난 이제 외국어를 쓰는 남자를 원해요. 핵심은 외국어야. 한 민족끼리 사랑하는 데 지쳤어요."

보라는 괜찮은 농담이라는 듯 하하 웃었다.

"같은 말 쓰는 사람이 싫어요. 내가 그 나라 말을 잘 못 하고, 그가 내 말을 다 알아듣지 못하는 외국인과 사랑을 하고 싶어. 말보다는 침묵과 행동으로 사랑을 하고, 사랑받고 싶어. 이해를 초월하면서 지켜야 하는 이념처럼 사랑하고 싶어. 난 나를 사랑하는 그 남자와 잘 지낼 자신이 있거든. 내 한계도 알고 감사할 줄도 알면서."

말끝에 보라는 코를 찡그렸다. 난감할 때의 버릇 같았다.

"비밀을 말해버렸네. 수완 씨도 나처럼 이야기할 수 있어요?

어떤 사랑을 원하는지?"

　내가 원하는 남자에 대해 생각해 보려는데 엄마가 떠올랐다. 엄마는 내가 벽에 걸린 그림 속의 여자처럼 살기를 바랐다. 아무 일도 일어나지 않는 삶, 그저 이 세계를 바라만 보는 삶이었다. "특히 두 가지는 하지 마." 엄마가 경험하지 말라고 충고한 두 가지는 사랑과 투자였다. "그건 인생에서 가장 유혹적이고 위험한 것들이야. 사랑이든 투자든 잘못 물리면 그 아귀에서 평생 빠져나올 수 없단다. 돈은 생기는 대로 차곡차곡 모아. 월세를 살다가 전세를 살고, 전세를 살다가 형편이 되면 집을 사고, 네 삶의 순리에 맡겨. 그리고 옆에 있는 듯 없는 듯 편안한 사람을 만나 결혼해. 어차피 인생은 네 것이 아니야. 아무것도 진짜 가질 순 없어. 모든 것이 지나가고 모든 것을 지나가는 거야. 파고들려고 하지 마. 그냥 표면만 쓸면서 밋밋하게 살고 가. 빗물 고인 웅덩이를 잘 피해서 디디는 닳아빠진 양체들처럼 영악하게." 난 삶에서 가장 유혹적이라는 두 가지를 두려워하면서 궁금해했다. 아마도 직접 경험하지 않으면 영원히 궁금해할 것이다. 계속 두려워하면서.

　"말하지 못하면 모르는 거예요."

　보라가 잘난 체했다.

"오빠를 만나 봐요."

이제 심지어 예전 여친이 예전 남친을 권해 주기까지 했다.

"어디가 어떻게 좋은 거예요?"

"수완 씨 같은 사람은 오빠가 어떤 사람인지 끝내 모를 거예요."

"사람들은 서로, 누구나 다 그렇지 않나요?"

"두 사람은 너무 달라요. 수완 씨에 비하면 오빤 경험이 많아요."

"그 경험이 뭐죠?"

"경험이란 파고드는 것이지요. 남자, 여자이기도 하고, 산전수전이기도 하고, 세계이기도 하죠. 겹겹이 경험을 지닌 존재의 주소 말이에요. 주소가 달라요."

보라가 내 눈을 피하며 고개를 저었다. 뭔가를 숨기는 것이 느껴졌다. 완전히 전부를 말하는 사람은 없다. 완전히 솔직하려 해도 그렇게 될 수 없다. 사람 자체의 감각과 인식의 한계를 말하는 것이 아니다. 그 한계 안에서조차, 선해서든 악해서든, 사랑 때문이든 미움 때문이든, 사람은 저마다 마지막 카드를 숨긴다. 그것은 타인이 건드릴 수 없는 부분이다. 하나의 주체가 차마 손댈 수 없는 또 다른 주체의 존재 이유가 있기에.

"이제 내가 왜 울었는지 알겠어요? 난 끝내, 오빠의 주소에 도달할 수 없었어요. 도달해도 함께할 수 없었고요. 난 오빠를 이해해요. 사랑한다 해도, 인간은 다음 풍경을 향해 갈 뿐, 타인을 위해 퇴행할 수는 없는 존재니까요. 언젠가, 수완 씨도 알게 되겠지요."

나도 울게 될 거란 예언 같았다. 나는 울 리가 없었다. 우린 시작도 하지 않았으니.

"시에나에서 오빠가 운영하는 호텔의 침대 시트나 갈고, 포도원에서 포도를 따며 살지도 몰라요. 다행히 난 햇빛이 눈부시게 찬란한 그곳의 봄과 여름과 가을뿐 아니라 겨울도 좋아해요. 춥고 을씨년스럽고 비가 쏟아지고 관광객도 별로 없고 어디를 가나 한적하지요. 포도원에는 빨갛게 물든 나뭇잎 사이에 포도송이들이 줄기에 매달린 채 썩어 가고요. 겨울 동안 오빠는 자주 토마토와 무화과와 허브를 잔뜩 넣은 양고기 스튜를 끓여 기분이 가라앉은 그의 아내와 나를 먹였지요. 오빠 말대로 난 관광 가이드가 되고, 거기 남자를 만나 결혼해서 살지도 모르지요. 아니면 한동안 기차를 타고 유럽의 역을 떠돌며 여행을 다닐 수도 있지요. 정말 어떻게 될지 몰라요. 정해진 게 하나도 없으니까요. 그래도 난 청춘을 연극에 다 바친 내 운명을 사랑할 거예요. 그리고 오 년 뒤에나 십 년 뒤에 또 오빠를 만나면 우린 춤을 출 거예요. 춤은 우리가 만날 수 있는 유일한 주소니까요. 그러니 수완 씨, 그때도 혹시 그런 밤에 우리 셋이 함께 있다면 오해하지 말고, 말리지도 말아 주세요."

나는 가볍게 응수했다.

"그때 내가 이열 씨와 함께 있을 거 같아요?"

"그렇게 보이는걸요."

보라는 덤덤한 척했지만, 눈가에 남아 있는 검은색 아이라인 때문인지 몹시 슬퍼 보였다. 아무것도 예측할 수 없는 길을 떠나야 하는 막막한 여행자의 눈이었다. 우리는 말을 그만두고 술을 꾸역꾸역 마셨다. 참 이상한 인연이었다. 보라가 또 술잔에 회오리를 일으키고 있을 때 이열이 들어와 앉았다. 이열과 나를 번갈아 보던 보라가 내게 물었다.

"집에 와인 있는데, 한잔 더 할래요?"

나는 그만 웃음이 터져버렸다. 두 사람은 어리둥절한데, 나만 깔깔거리고 웃어 댔다. 내가 웃는 사이에 보라는 또 울기 시작했다. 셋은 이상한 돌림노래에 갇힌 것 같았다. 이열은 그만 나가자고 두 여자를 채근했다. 보라는 형편없이 취해 헤어지기 싫다고 떼를 썼다. 거리에서 이열은 보라를 부축했고 나는 앞서 걸어 나갔다. 그리고 다가오는 택시를 잡아 그들을 태웠다. 내가 택시 문을 닫자 이열이 뭐라고 외쳤다. 나는 손을 흔들었다. 택시는 이내 떠났다.

몇 걸음 걷는데 이열에게서 전화가 왔다.

"보라 데려다주고 집 앞으로 갈게. 잠깐 봐요."

"피곤해요. 오늘 밤은 너무너무 피곤해서 안 돼요."

폭탄주를 석 잔이나 마신 것이었다. 나는 취했어요, 대신 피곤해요, 라고 말했지만 너무나 피곤한 것도 사실이었다. 택시한 대가 다가오고 있었다. 손을 들어 올렸다.

"내일 봐요. 내일요."

"삼십 분 뒤가 내일 아침이면 좋겠군."

택시에 타는 사이에 전화기가 바닥에 떨어졌다.

"그래요, 내일 오전에 집 앞에 가서 전화할게요."

전화기를 들어 올려 귀에 댔을 땐 이열이 밤 인사를 했다.

"무사 귀가하고 잘 자요."

11

초인종 소리에 잠에서 깼을 때는 환한 아침이었다. 정말 삼십 분 만에 아침이 된 것 같았다. 문 앞에 황경오가 와 있었다. 잔뜩 취한 채 이열과 한 무책임한 약속이 떠올랐다. 내일이라는 기억만 남아 있었다. 나는 숙취에 전 데다 전날에 한 화장도 지우지 못한 상태였다. 거울을 보니 양쪽 뺨과 턱에 붉은 반점이 올라와 있었다.

황경오는 검정색 등산복 차림이었다. 전화를 받지 않아서 왔다고 했다. 전화기를 확인해 보니 아홉 시부터 십 분 간격으로 세 통이 들어와 있었다. 나는 서 있기조차 힘들어 소파로 가서 엉덩이를 붙였다. 황경오는 불만스러운 얼굴로 내 꼴을 찬찬히 살폈다. 예쁘장한 남자가 뾰로통하게 화가 나 있으니 귀여웠다. 밤사이에 반쪽이 되어버린 내 얼굴이 보이지 않도록 가리고 싶었다. 황경오가 다가와 내 앞에 섰다. 그의 아랫배 부분에 내 머리가 닿을 정도로 가까이.

"간밤엔 뭐 했어요?"

약속을 지키지 못했으니 해명할 차례였다.

"연극 공연에 갔었어요. 아는 배우가 마지막 공연을 했거든요."

나는 아무렇지 않은 척했다.

"그녀는 나와 또래인데, 그동안 올인했던 연극을 접고 떠나요. 시에나로요. 돌아오지 않을 거래요."

말하고 보니 무척 낭만적인 이야기였다. 남의 이야기란 그런 것이다. 제가 고생하지 않을, 그러니까 남이 고생할 이야기, 그것이 낭만의 정체였다.

"폭탄주를 마시는 바람에 망했어요. 그 배우가 폭탄주를 환상적으로 말았거든요."

거짓말을 한 건 아니지만, 말을 고르기에 따라 내용은 달라진다. 취사선택의 문제이다. 거기에 이열은 등장하지 않았다.

황경오가 내 앞에 무릎을 꺾고 앉았다. 이제 내 얼굴과 그의 얼굴이 나란히 마주 보게 되었다.

"연일 폭음이라니, 생각보다 터프하게 사네."

그는 손가락으로 내 얼굴을 가린 머리카락을 귀 뒤로 넘기고 눈 속에서 티라도 찾는 듯 살폈다.

"입 맞추어도 돼요?"

"아니, 안 돼. 그대로 있어요."

"왜?"

나는 바싹 다가온 수수께끼 같은 얼굴을 바라보았다. 이 년 전, 단번에 내 존재의 핵심까지 파고들어 왔던 얼굴이었다. 그런 일이 의미하는 바가 무엇인지 도무지 알 수 없었다. 하나의 얼굴이 운명인지, 우연한 실수에 불과할지는 미리 가늠할 수 없는 일이었다. 그러나 나 역시 가까이 다가온 기회를 두려움 때문에 회피하고 싶지는 않았다. 문을 열면 전체를 받아들여야 할 것이다. 이 삶이 그렇듯이, 사랑과 함께 상처 역시 각오해야 한다.

"양치질하고 올게요."

내가 일어서려 하자 황경오가 양팔을 그러잡았다.

"가지 마. 안 해도 돼. 내가 했어요."

"그게 무슨 논리예요?"

"그런 논리가 있어요. 한 사람만 하면 돼."

그의 입술 안쪽의 부드러운 점막 피부가 나의 마른 입술을 눌렀다. 그리고 혀가 나의 앞니를 열고 들어왔다. 긴 키스였다. 한 사람만 양치질하면 된다는 밑도 끝도 없는 논리를 이해할 것 같았다. 나는 맑아지고 있었다.

"폭탄주 맛이군."

눈을 뜨니, 커튼이 걷히고 다른 세상이 열린 듯 숙취가 걷혀 있었다.

"이제 산에 갈 수 있겠어요."

그를 밀어내고 일어서자 그가 나를 잡아 세웠다. 그의 얼굴이 나의 배에 닿았다.

"산에 안 가도 돼. 가지 말고 집에서 놀아요."

집에서 할 일이란 뻔했다.

"집에서 나비를 잡고 놀아요."

"집에 나비가 어디 있어요?"

"여기."

황경오가 나의 배꼽을 가리켰다. 그리고 여기. 그의 손가락이 배꼽 아래로 내려갔다. 나는 비명을 지르며 밀쳤다. 황경오가 내 몸을 안아 소파 위로 올렸을 때 방 안에서 전화벨이 울렸다. 깊은 강물 속에서 듣는 것만 같았다. 상상처럼 멀게 느껴졌지만 집요하게 들렸다. 이열이 전화를 하고 있었다.

황경오가 키스를 멈추었다. 전화벨이 끊어졌다가 다시 이어졌을 때였다.

"저거 어떻게 해야겠다."

황경오가 나의 등 뒤로 두 손을 넣어 몸을 일으켰다. 나는 방 쪽으로 고개를 돌렸다가 그의 눈을 보았다. 그리고 실내복 윗옷을 벗었다. 나의 어깨와 젖가슴이 드러나자 황경오의 눈이 커다랗게 열렸다.

"감동했어."

나는 숨기 위해 얼굴을 그의 목과 어깨 사이에 파묻었다. 그는 나의 어깨를 잡고 떼어 냈다.

"이렇게 아름다운 걸 숨기고 있었던 거야?"

그는 나를 끌어당겨 안았다.

"지금 모습 잊지 못할 거야. 정말 영원히 잊지 못할 거야. 너도 알아야 해. 내가 죽어도 잊지 않을 거라는 걸."

그가 얼굴로 나의 얼굴을 밀며 속삭였다.

"알아, 알아요."

그는 견딜 수 없다는 듯 얼굴을 마구 비볐다. 아도니스가 떠올랐다. 그런데 신화에서는 비너스마저 왜 둘로 갈랐을까, 하는 생각이 스쳤다. 지상의 아프로디테와 지하의 페르세포네. 하늘과 땅, 산과 들판, 바다와 강, 밤과 낮, 아침과 저녁……. 갈라지는 두 갈래로부터 또다시 갈라지고 또 갈라지는 대칭의 갈래늘이 세상의 기본적인 구조였다. 입을 맞추며 두 얼굴의 윤곽이 뭉개지는 것만 같았을 때, 그는 바지를 벗기 시작했다.

"안 돼, 윗옷부터."

내가 다급하게 요구하자 황경오는 윗옷을 벗어 내던졌다. 근육이 도드라지지 않은 매끈한 상체였다. 다비드 쪽보다는 어딘지 부처상을 닮았다. 곡선의 부드러운 어깨 위로 솟은 매끈한 목과 갈망하는 얼굴……. 나는 황경오를 흉내 냈다.

"이렇게 아름다운 것을 숨기고 있었어요?"

나는 아무것도 없이, 순수한 맨몸으로 나에게 온 한 남자를 바라보았다.

"지금 당신 모습 영원히 잊지 못할 거야……."

내가 너무 꽉 끌어안아서 그는 바지를 벗는 데 오래 걸렸다. 마침내 바지가 바닥에 내던져지자 내 의식은 벼랑에서 아득하게 떨어지는 것만 같았다. 벼랑 너머에서 전화벨이 다시 울렸다. 이열의 얼굴이 바람에 날려 가고 있었다.

12

내 인생에 유리 조각처럼 박힌 이중 약속, 그런 일은 어떤 여자에겐 한 번도 일어나지 않았을 수도 있고 어떤 여자에겐 예사로운 일인지 모른다. 내겐 단 한 번 일어난 사건이었다. 교활한 의도가 있었던 건 아니었다. 부주의했던 게 이유였다. 마음을 열고 한 사람을 받아들이면 다른 사람이 동시에 다가온다. 동시성의 법칙은 연애 월드에서 꽤 알려진 징크스이다. 오랫동안 아무도 없다가, 저 먼 천체에 별자리들이 이동하듯 남자들이 한꺼번에 밀려드는 식이다. 다연은 고등학교 때 이후로 계속되어 온 미스터리라고 했다. 일 년을 지나도록 아무 일도 일어나지 않을 때는 친구들에게 소개팅을 은근히 조르고 더 답답해지면 데이트 앱을 기웃거리고, 커플 컨설팅 회사에 등록이라도 하고 싶을 지경이 되지만, 문득 기류가 바뀌면서 동시에 둘이나 셋이 연애 홀의 현관에 들어오기 위해 옥신각신하는 것이었다. 거기엔 순서가 중요한 게 아니어서, 그중 하나를 고르는 일에 늘 애를 먹었다. 그리고 한 명을 고른 뒤엔 늘 후회하곤 했다. 잘못 골라잡았던 것이다. 그것 역시 연애 월드의 징크스이다. 다연은 자신이 알지 못하지만, 행동 양식에 문제가 있을 거라고 자책했다. 같은 일이 반복되는 사람들은 다 그런 거라고. 자신이 보지 못하고 인식하지 못하는 사각지대에서 그럴 만한 생각과 행동을 반복하고 후회하는 사이클이 차차 익숙한 운명이 된다. 그 말은, 자신이 결코 원인을 알지 못할 거라는 말과 같았다. 아마도 수직으로 솟아올라 제 인생을 한눈에 내려다보기 전에는. 나는 다연의 연애 징크스에 대해 함께 고민한 적이 있었다. 우리는 연애 감정이 막 시작될 때의 변화에 혐의를 두었다. 그러니까, 이제 막 연애를 시작한 여자가 끄는 매력이 너무 막강한 것이다. 그리고 남자들은, 다른 남자를 사랑하는 여자의 세계에 이끌린다. 다연은 차라리 다음번엔 굳이 하나를 선택하지 않겠노라고 결론을 내렸다. 강박증 없이 다중 연애를 하며 누가 남고 누가 떨어져 나가는지 지켜보겠다고, 그것도 해법이라고. 하지만 내게 일어난 일은 약간 달랐다. 개인사란 약간 다른 그 부분에 있는 것이다.

　사랑을 나눈 후 산에 가기를 포기하고 집에서 점심을 만들어 먹기로 했다. 마트에서 간단한 장을 보려고 황경오와 나갔는데, 헌책방 앞에 이열이 서 있었다. 큰 키가 평소보다 더 커 보였다. 택시 기사들이 차 세우기를 좋아하는 장소였다. 이열이 먼저 나를 발견한 것 같았다. 이열은 다가가는 나와 황경오를 가만히 보고만 있었다. 나는 놀란 얼굴로 그의 앞을 지나갔다. 서너 걸음 걸어가 뒤돌아보니 이열이 겸연쩍게 웃었다. 나도 웃어 주었다. 그의 발치에 검은 길고양이 한 마리가 있었다.
　"왜 그래?"
　황경오가 뒤를 확인하며 물었다.
　"아무것도 아냐."
　"너 아무것도 아닌 것을 향해 웃으면 나한테 혼난다."
　황경오가 나의 허리를 확 당겨가 안고 머리카락에 코를 눌렀다가 뗐다. 그 바람에 골반뼈가 그의 허벅지에 부딪쳤다. 황경오가 소리 내어 웃었다. 그 순간, 웃고 있는 이 남자는 누구일까, 하는 의문이 들었다. 나는 그를 누구라고 생각하는 걸까.

그의 절친들과 장의 얼굴이 떠올랐다. 그에 대해 정확히 아는 것이라곤 직장과 이혼했다는 사실과 산을 좋아한다는 것뿐이었다.

황경오가 계산하는 사이에 먼저 마트에서 나왔다. 이열은 없었다. 검은 고양이는 햇빛이 떨어지는 마을버스 정류장 기둥에 기대앉아 있었다. 눈이 짙푸른 색깔의 고양이였다. 내가 다가가도 고양이는 그대로 있었다. 나는 이열이 있던 자리에 가서 서 보았다. 마트 쪽을 보니 황경오가 오고 있었다. 고양이가 슬그머니 일어나더니 그의 앞을 가로질러 골목 안으로 들어가 사라졌다.

"재수 없게 검은 고양이야."

황경오가 중얼거렸다.

"방금 내가 알 수 없는 나쁜 일이 지나간 것만 같군. 검은 고양이 징크스이지."

"난 검은 고양이 좋은데요. 특히 눈이 초록색일 땐 더."

"수완은 고양이, 새, 물고기, 나비, 사슴, 그런 거에 약한가 보네. 내가 왕년에 특수 훈련을 받을 때, 기초 커리큘럼 일 장이 그런 것과의 결별이었어요. 그런 것에 감정이입하는 건 자기

연민이거든. 연민과의 결별. 다음은 구름, 안개, 비, 폭우, 태풍에도 마찬가지예요. 그런 것에 기분이 좌우되어선 안 돼. 그저 날씨일 뿐이니까."

"그러니까, 감정 차단 훈련이 특수 훈련의 기초라는 거군요."

"그렇지."

"그 뒤엔 뭐가 남아요?"

"효율성. 우린 특수 침투조거든. 최고가 되는 것보다 효율성이 중요하다, 가 우리 조직의 모토지."

"어디에 침투하는데?"

"수완에게."

황경오는 웃었다. 나도 웃고 말았다. 어딘지 불안한 표정으로. 황경오가 든 비닐봉지엔 맥주 캔들이 부딪치고 있었다. 그때 어렴풋이 알았던 게 아닐까? 농담과 술과 뭔지 모를 특수 훈련이 황경오의 주된 인격이란 걸.

그날 저녁 이열이 전화를 했다. 황경오가 돌아간 직후에 내가 전화를 하려던 참이었다.

"분명 혼자였는데, 며칠 후에 보니 연애를 하는군요. 늘 그런 식으로 다급하게 연애를 하는 거예요?"

아닌데요, 라고 부정할 수가 없었다. 연애란 예상할 수 없는 일 중의 하나였다. 그렇게 되어버리는 일, 그날 밤, 보라의 집에 가지 않았더라면 어떻게 되었을까. 샛노란 모과가 달려 있던 한옥의 정원에 들어서지 않았더라면.

"아깐 왜 웃었어요?"

"수완 씨 힘들까 봐."

"내가 힘들까 봐?"

나는 놀란 나머지 확인했다.

"나도 힘들었고."

그는 힘들면 웃는 모양이었다.

"수완이라고 불러도 돼?"

"그러세요."

"수완인 왜 웃었어?"

"서 있는 그쪽 앞을 지나간 게 미안해서요."

"그쪽이란 말 싫은데, 나를 제대로 불러요. 이열이라고."

하지만 그 이름을 부를 일이 있을 것 같지 않았다. 이미 어긋난 것이다.

"음, 안 부르네요."

나는 입을 꼭 다물고 있었다.

"우린 이제 쌤쌤이에요. 미안한 일을 공평하게 갚았으니."

"공평하게 나쁜 남자와 나쁜 여자가 된 건가요?"

"공평하면 나쁘지 않아요. 무엇이든."

일부러 이중 약속을 한 건 아니었다. 절대로 아니었다. 당연하지 않은가. 누구나 그런 식으로 얽히는 건 싫어하는 법이다.

"간밤엔 너무 취해서, 선약한 걸 잊고 말았어요."

"대신 모레 낮에 봐요."

나는 망설였다.

"수완이 만나는 사람도 두 눈으로 봤으니, 같이 얽혀 타락하게 하진 않을게요. 내가 회사 근처로 갈 테니 가볍게 점심 먹어요."

타락하게 하진 않겠다니. 고민을 알아채고 정곡을 찌르는 솜씨가 예사롭지 않았다. 처음 본 날, 국회의원 비서가 내 앞을 가로막고 데려다주겠다고 했을 때도 난감한 상황을 알아채고 갑시다, 하며 가볍게 빼내 주었던 사람이었다. 나를 줄곧 주시했던 것일까. 황경오와 지나가다가 뒤돌아보았을 때 겸연쩍게 웃던 웃음이 다시 떠올랐다. 내가 힘들까 봐, 그리고 그 자신이 힘들어서.

"아까 검은 고양이 봤어요?"

전화를 끊으려다가 물었다.

"초록색 눈. 수완도 봤군. 녀석은 나와 함께 수완을 기다렸어."

이열이 대답했다.

"평소에 검은 고양이 징크스 있어요?"

"없는데. 그러고 보니 오늘은 재수가 나빴던 거 같네요."

이열은 클클 웃었다.

검은 고양이는 그 뒤로 상점 거리에서 자주 보였다. 그 전에는 보이지 않았으니 이상한 일이었다. 주로 은 공예점 앞이나 헌책방 앞에 웅크리고 앉아 있었고, 마트 가는 길에 스치기도 했다. 어느 날은 택시에서 내려 걷는데, 어디선가 나타나 빌라 입구까지 나를 따라오기도 했다. 나는 검은 고양이에게 이열의 이름을 붙이고 아무도 모르게 불러 보았다. 이열.

13

"완아, 세가 나갔다."

전화를 받자마자 엄마는 새로운 소식을 전했다.

"오늘 계약을 했어."

계약 말이 나왔다가 엎어진 일이 몇 번 있었다.

"정말 계약한 거야?"

믿어지지 않았다.

"했어. 레스토랑을 한다더라."

"그게 돼?"

내 입에서 불쑥 부정적인 반응이 튀어나왔다.

"여기 아파트 입주를 하고 있어. 시내버스도 증편되었고. 젊은 사람들이 들어오기 시작했어."

"상황이 바뀌었으면 세를 주지 말고 팔지그래?"

"팔리면 팔지만……. 우선 세라도 들어왔으니 얼마나 다행이냐. 월세로 이자를 내면서 임자 나타나면 팔면 되지. 그동안 이자 내느라고 네가 얼마나 고생했니. 내가 다 안다. 꼭 갚아 줄게."

인생에서 사랑과 투자, 두 가지를 하지 말라고 경고했던 엄마는 정작 두 가지를 다 했고 둘 다 실패했다. 실패했기 때문에 딸에게 충고하고 경고도 할 수 있다고 주장했지만 먹히지 않는 넋두리였다. 그런데도 나는 엄마가 사는 모습을 보면서 역설적으로 인생에 안도했다. 결혼 생활 십일 년 만에 아버지가 죽은 뒤 몇 번이나 배가 뒤집히고 표류했지만 엄마는 매번 구조되어 새 배에 올라탔다. 재혼을 하고 다시 이혼을 하는 사이에 점원으로 일을 시작해 보험설계사를 겸업하다가 부동산 중개로 전업하면서 총재산이던 서민 아파트 하나를 밑천으로 부동산을 사고팔아 차액을 남기는 데 재미를 붙였다. 남자 친구가 있었던 시기도 있었지만, 갱년기를 지나면서 관절염과 협심증과 고혈당과 우울증을 앓으며 헤어졌다. 엄마는 몇 년을 공허하게 지내다가 몸을 추스르고 동창 친구의 골프연습장을 돕게 되었다. 그리고 얼마 지나지 않아 해변가에 삼 층짜리 건물이 매물로 나와 있는 것을 알게 되었다. 드라마 세트장과 개인 박물관 사이였다. 근처에는 횟집들과 모텔들이 드문드문 있었다. 뒤쪽으로는 대규모 아파트 단지가 준공식을 했고, 곧 해변 자동차영화관도 생길 거라고 했다. 건물은 내부까지 거의 완공 상태였고, 실내 인테리어와 정원과 주차장 공사만 남은 상태였다. 부동산 중개소 사장은 바다 뷰가 아름다워서 뭘 해도 될 장소라고 부추기며 엄마 외에도 건물을 탐내는 사람들이 몇 명 더 있다는 정보를 흘렸다. 그리고 골프연습장을 하는 동창 친구는 그쪽 해변은 앞으로 땅값이 오를 거라고 확신했다. 투자도 투자지만 엄마는 그때 자신의 활동기가 끝났다고 느꼈던 것 같다. 그렇게도 계산적으로 살아온 사람이 문득 낭만적이 되어 여생을 보낼 최적지를 발견한 것이었다. 아래층들은 세를 주고 삼 층은 살림집으로 쓸 계획을 했다. 골프연습장 일을 몇 시간씩 돕고, 파도가 잔잔하게 밀려 들어오는 해변에서 조개를 캐고 게를 잡고, 커다란 개와 산책도 하며 하는 일 없이 빈둥거리는 여동생과 열대어나 키우며 살고 싶었던 것이다. 한 가지에 빠지면 밤낮없이 그것만 생각하는 성격인 엄마는 두어 달 숙고

끝에 계약을 하고 시내 백화점 근처에 있던 아파트를 매물로 내놓았다. 주차장까지 포함해 땅이 꽤나 넓은 해변의 삼 층 건물은 아파트를 팔고도 상당한 금액의 대출을 껴야 했다. 엄마는 곧 입주가 시작될 뉴타운의 아파트에 전세를 넣거나 매매를 하면 지급을 융통할 수 있다고 계산했다. 하지만 그 뒤로 일이 꼬여 갔다. 입주가 시작된 엄마의 아파트는 하자가 많아 건설 회사와 분양자 간에 장기 소송이 들어갔고, 그러는 사이에 아파트 값은 떨어져 거래도 되지 않고 잠겼다. 인근의 아파트들이 공급 과잉이기도 했다.

해변의 건물은 사 년 동안이나 비어 있었고, 매달 이자를 뜯겼다. 엄마는 계속 우는소리를 했지만, 그렇다고 땅이 꺼지거나 하늘이 무너지는 불상사가 생기지는 않았다. 사는 겉모습은 예전과 다를 바가 없었다. 여전히 계절이 바뀌면 백화점에서 옷을 사 입고, 음식을 배달시키고, 가을에는 친구들과 여행을 다녀왔다.

"현미는 요즘 뭐 해?"

"요리 배우러 다닌다."

"전에 수료했잖아."

"이번엔 양식이야."

"참 편하게도 산다."

"현미도 그러는 사정이 있지. 공부 머리는 없고 살찌는 체질을 타고났으니."

"일부러 찌우는 거 같은데. 남다른 불행이 한 가지쯤은 확실하게 있어야 아무도 시비 걸지 않으니까."

"그런 말이 어디 있냐? 안됐다고 여겨야지."

"그러니까, 안됐다고 여기라고 살을 찌우는 거야. 건드리지 말라고."

내가 보기엔 인생을 보이콧하고 있었다.

"그러지 마. 현미가 너를 얼마나 대단하게 여기는데. 넌 능력이 있으니까, 큰물에 나가 공부했고, 좋은 사람들 만나고, 열심히 살 수 있잖니? 현미 입장에선 늘 언니한테 치이는 일도 힘든 거다."

어느 땐 열심히 사는 것이 어리석게 느껴졌다. 인생에 태업을 하며, 태만하고 느릿하게 아무런 의무도 지지 않고 사는 현미가 오히려 영악해 보였다.

그 지역 전문대학에서 애니메이션학과를 졸업했지만, 일을 해본 적은 없었다. 오히려 전보다 전문적으로 만화방에 틀어박혀 시간을 보냈다. 지역에서 아무 소용도 없는 애니메이션학과가 왜 있는지부터 납득하기 어려웠다. 그런 학과에 입학하는 학생도 한심했다. 만화방에 틀어박혀 사는 게 눈치 보일 때면 현미는 그때그때 자격증을 하나씩 땄다. 커피 바리스타 수료증을 따고 조경 디자인 과정 수료증과 조리사 자격증을 땄다. 모두 시와 직업훈련원이 연계한 무료 교육 프로그램들이었다. 이상한 일은 자격증을 하나씩 딸 때마다 살이 불어난다는 점이었다. 살에 덮여 어깨에 목이 파묻혔다. 가슴과 배가 하나의 커다란 덩어리를 이루었고 코끼리 다리처럼 발목이 사라진 상태였다. 그나마 눈이 크니 다행이었다. 그리고 피부만은 여전히 신비롭도록 더욱 희고 고왔다. 온몸에 베이비파우더를 묻힌 듯 희어서 손가락으로 건드려 보고 싶어졌다. 건드리면 손끝에 흰 가루가 묻을 것만 같았다.

"현미 남자 친구 생겼다."

"그래?"

"같이 요리 배우는 애야."

현미와 비슷한 부류인 것 같았다.

"멀쩡하게 생겼어. 키도 크고, 순수하고 착하더라."

"만났어?"

"집에 놀러 왔어. 그 앤 할머니와 둘이 살아. 현미는 엄마와 둘이 살고."

엄마는 말끝에 호호호 웃었다. 뭐가 우스운 포인트인지 알 수
없었지만 엄마의 웃음을 오랜만에 들으니 좋았다. 뭐가 어찌
됐든 다행이었다. 엄마가 울지 않고 웃으니.

"완아, 다음 달부터는 이자를 보내지 않아도 돼. 너무 좋지 않
니?"

"좋아."

"수고 많았다. 고마워, 딸."

나는 응응, 하고 전화를 끊었다. 엄마는 아버지가 세상을 떠
난 뒤, 겨우 열두 살인 나를 의지하려 했다. 그때부터 나는 수고
많았다는 인사를 받아 왔다. 그건, 너는 수고해야 할 사람이라
는 요청이기도 했다. 엄마는 알 리가 없었다. 내가 이자를 보내
는 이유가 애정이나 책임감이나 의무 때문이 아니라 수치심 때
문이라는 사실을. 엄마가 전화를 해 우는소리를 할 때마다 결
국 모르는 척하지 못했던 것은, 모르는 척하는 것이 수치스러
웠기 때문이었다. 이자를 보내지 않고는 수치심에서 헤어날 수
가 없었다. 수치심이야말로 가장 엄한 감시인이었다.

다연은 내가 수치심을 느끼는 것이 바로 선량함이고 사랑이
라고 했다. 가족에 대한 사랑의 동력은 원래 아픔이거나 수치

심이라고. 다연은 내가 깊숙이 숨기고 있는 아픔을 꾹 찔렀다. 하지만 아픔 곁엔 한 가지가 더 있었다. 그것은 행복에 대한 향수였다. 언젠가 기적처럼 완전한 행복이 거기 있었다. 훼손되고 사라진, 되돌릴 수 없는 완전한 행복의 잔영이 언제까지나 내 몸 안에서 아른거린다. 그래서 포기할 수 없는 것이다.

14

　회사 근처로 찾아온 이열을 만나 간단히 점심을 먹은 뒤 바로 옆 카페에서 차를 마시는데 다연이 창 앞을 지나가다가 놀란 눈으로 손을 흔들었다. 다연에게 들킨 사람이 황경오가 아니라 이열인 것이 재미있었다. 나는 흥흥 하며 웃었다.

　"누구?"

　"직장 동료."

　"한눈에 봐도, 직장 동료 아니고 절친인데. 다음에 마주치면 저 친구 인사시켜 줘."

　"먼저 절친 인사시켜 주면 그럴게요."

　이열이 휴대폰을 열어 사진을 보여 주었다.

"이 친군 어때?"

고양이였다.

"다음 주부터 한 달 출장이라 단골 탁묘집에 맡겼어요. 벌써 그립네."

"출장 자주 가네."

"하는 일이 그러니까. 파리와 암스테르담도 가겠지만, 베를린에 주로 체류해. 이번 전시엔 설치미술 작가들을 주로 초대할 거예요."

"고양이 이름이 뭐야?"

"아까 그 친구는?"

"다연. 주다연."

"앤 세월이야. 전체 이름은 긴세월이지."

"왜 긴세월이야?"

"그냥, 털실 뭉치 같은 작은 새끼일 때 내게 왔는데, 몸 안에 긴 세월이 보였어. 제가 살아갈 세월이 전부 제 몸 안에 와 있었지. 밤에 집에 들어가서 세월아, 긴세월아, 하고 부르면, 내 몸 안에도 타고난 그대로의 세월이 가득 들어 있는 것처럼 마음이 편안해져. 너도 불안할 때 한번 해봐."

"세월아, 긴세월아……. 무슨 동화 같네. 판타지 같기도 하고."

"인생이 동화고 판타지지. 다음 주에 난 베를린 거리를 걸을 테고, 넌 이곳에서 살아갈 텐데, 그런 거 다 판타지 아닌가. 내가 보지 않는 곳에서도, 네가 살아간다는 게 판타지 같고 이상한 동화 같아."

"그저 그런 일상에 관한 색다른 해석이네."

"판타지에 익숙해져서 모를 뿐이야. 난 열한 살에 마카오에서 서울로 왔을 때, 인생이 판타지인 것을 알게 됐어."

"충격이 컸나 봐."

"그 얘긴 다음에 할게. 긴 세월인 삼 년이 되었으니 이젠 의젓해. 혼자 집에 있어도 사료도 꺼내 먹고, 변기 물을 내려가며 맑은 물도 마시고 시디플레이어를 작동시켜 좋아하는 자연 다큐멘터리 시리즈도 볼 것만 같아."

이열은 웃지도 않고 너스레를 떨었다.

"자연 다큐멘터리를 봐요?"

"삼십 분이나 집중해서 봐. 특히 올빼미 편을 좋아하지. 흰 가면을 쓴 것 같은 원숭이 올빼미가 있거든. 그 얼굴에 특히 매료돼 눈을 떼지 못하지. 그 올빼미가 날아오르면, 자기도 따라서 나는 몸짓을 하다가 테이블에서 떨어지기도 했어. 텔레비전 화면에 다가가다 보니 늘 테이블 끝에서 보거든."

"나도 고양이 키우고 싶어."

"고양이는 감정을 지켜 주는 것 같아. 우울이나 낙심, 불안이나 두려움, 절망 같은 감정을 어느 정도 아래로는 내려가지 않게 잡아 주는 기야."

"근사하네."

"집에 전망 좋은 창문은 있어?"

"왜죠?"

"고양이들은 그게 있어야 해. 창가에서 거의 모든 세월을 보내거든. 창밖엔 자동차나 행인이나 바람에 날리는 빨래나 나뭇가지나 새와 구름같이 뭔가 움직이는 것들이 있어야 하고."

"있어요."

"다음엔 수완에게 맡길까?"

"좋아요."

"그러지. 수완은 쉴 땐 뭘 해?"

"예전엔 수영장에 갔는데. 이사한 뒤론 멀어서 못 가요. 대신 사우나에 가서 열탕과 냉탕을 오가며 스트레스를 풀죠. 한땐 얌전히 십자수를 놓기도 했지만, 바빠지면서 그만두었죠. 요즘은 소파에 누워 이어폰을 끼고 볼륨을 최대로 높여 음악을 들어요. 신기하게 음악을 오래 들으면 배가 고파요. 그러면 음식을 만들어 먹죠. 직접 음식을 만들어 먹으면 힘이 나요."

"음식 만들어 먹는 거 좋지. 난 우주에 관한 책이나 다큐멘터리 영화를 봐. 우주를 생각하는 것도 고양이와 비슷한 효과가 있어. 우주는 너무 거대해서 한 개인으로 살아가는 선을 지켜 주는 것 같아. 쉬고 싶을 땐 공원 호숫가에 나가 달려. 내가 달릴 땐 마음이 복잡할 때야. 달리다 보면 대부분의 일은 이러나저러나 크게 상관이 없다는 생각이 들어. 심각할 게 없어지지. 그래서 아무 생각도 없는 공백 지대에서 달릴 수 있어. 그런데 요즘은 계속 실패해."

"왜?"

"계속 네 생각이 나. 너는 내게 항상 상관이 있어. 너라는 현상 자체로."

이열이 솜털이 돋은 여린 눈으로 나를 바라보았다. 일말의 감동과 통증이 동시에 몰려왔다.

"네가 살아가는 거, 그냥 너 말이야. 그게 늘 내게 상관이 있는 거야."

일부러 가벼운 화제를 길게 이어 가며 빙빙 돌았지만 준비해 간 말을 할 차례가 된 것 같았다.

"이젠, 보지 않는 게 좋겠어요."

무슨 말인지 안다는 듯 이열은 고개를 끄덕였다. 고개를 끄덕이면서 이열은 다른 말을 했다.

"난 너를 보고 싶어. 다른 일은 상관 안 해."

이열과 나는 황경오를 입에 올리지 않았지만, 황경오에 관해 말한 셈이었다.

"수완, 넌 한 가지만 명심하면 돼. 문을 열어 두어야 한다는 거. 전에 말한 대로, 그러면 뭐든 괜찮아."

이열의 눈을 멍하니 바라보았다. 갯버들 같은 눈, 솜털이 돋은 눈. 나는 문을 열어 둘 것이었다. 이열의 눈이 봄처럼 나를 보는 한.

"내 이름을 제대로 불러 봐."

"이열."

그렇게 해서 이열은 나의 인생에 들어왔다. 사람에게 이름이 있다는 것이 새삼 심오하게 느껴졌다. 이름은 일종의 트렁크니까. 사람들은 자기 이름 속에 경험과 기억과 꿈과 소망, 능력과 한계와 비참과 고통을 수납한다. 불행과 행복을 담고, 걸어 다니고, 밥을 먹고, 어둠 속에서 누워 잠을 자고 깨고, 그리고 마침내는 운명을 걸어 닫고 이름 속에 영면하는 것이다. 세상을 바꾸고 싶다면 자기 이름을 바꾸어야 한다. 사물들의 이름을 바꾸고 언어를 다르게 사용해야 한다. 그 순간 나는 이열과 나의 이름을 교환하고 싶었다. 내가 이열이 되고 이열은 수완이 되는 것이다.

15

주말을 이용해 2박 3일 동안 도쿄에 다녀온 뒤부터 황경오에게 방에 초대해 달라고 졸랐다. 하지만 그가 거절했다. 어찌나 단호하게 거절하던지, 방이 없는 사람이 아닐까, 하는 의심이 들 정도였다. 혹은, 버젓이 아내와 사는 사람일 수도 있었다.

"대체 방이 왜 궁금하다는 거야?"

방은 네 존재의 증거니까, 라는 말 대신 핑계를 댔다.

"당신은 내 방에 셀 수 없이 많이 왔으니까."

그는 거의 격일로 드나들고 있었다.

"꼭 공평해야 해? 그런 식으로 말하면, 대신 나는 밥을 사잖아."

그런 식으로 계산하고 보니 마음이 썰렁해졌다.

"수완, 그런 뜻이 아니고, 내 방엔 아무것도 없어. 그야말로 잠만 자는 곳이야. 숙직실이지."

매번 숙직실이라고 방어했다.

"혹시 같이 사는 사람이라도 있는 거야?"

"너도 다른 여자들처럼 호구조사를 시작하는군."

"다른 여자 경험이 많으시군요."

내친김에 동사무소 직원처럼 사무적으로 물었다.

"그래서, 가족 관계는 어떻게 돼요?"

그는 때가 닥쳤군, 하는 표정이었다.

"부모님 살아 계시고, 누나 둘 있어. 그리고 두 아이. 큰애는 딸, 작은애는 아들."

"아이들은 전처가 키워요?"

당연한 거 아니냐는 표정을 짓더니 이죽거렸다.

"그만해요. 좀 더 가면 양육비는 얼마나 보내는지 묻겠군."

"물으면 안 돼요?"

"수완, 왜 그래? 제발 필요 이상으로 파고들지는 마."

황경오는 새침하게 입을 다물었다. 무슨 잘못을 했을 때나 불만이 있을 때조차, 새침하게 다무는 그의 입술을 보거나, 발걸음을 떼는 뒤꿈치를 보거나 강렬하면서 달콤한 눈빛을 보면 그만 마음이 스르르 녹아버렸다. 심지어 손가락과 새하얀 반달이 선명한 손톱만 보아도 무장해제 되었다. 어떻게 그렇게 예쁘게 입을 다물 수 있는지, 어떻게 그렇게 예쁘게 발을 놓을 수 있는지, 어떻게 그렇게 예쁘게 눈을 뜰 수 있는지, 어떻게 그렇게 손과 손톱까지 잘생길 수 있는지…… 사람들은 그런 걸 뭐가 씌었다고 할 것이다. 술꾼인데도 손톱만은 감탄스러울 정도로 단정했다. 바짝 자른 각진 분홍빛 손톱. 그런 손톱이 열 개나 있는 황경오의 손가락들이 나비를 잡을 때면 손가락 이상의 기관으로 변했다. 그를 감탄하고 사랑하면서 그에게 화를 내기란 어려웠다.

일요일엔 항상 산엘 갔다. 황경오는 사슴처럼 가볍게 산을 올랐다. 그가 산을 오를 때는 등에 보이지 않는 날개라도 달린 듯했다. 산은 그의 놀이터였고, 체력장이었고, 일주일 치의 스트레스를 푸는 치료 센터였고, 명상하고 정화하는 사원이었다. 따라가기 힘들어 중간에 있는 산장에서 뜨거운 커피를 마시며 기다리곤 했는데도 계속 함께 갔다. 체력이 제법 좋아져서 그를 따라 오르게 되었을 땐 한겨울이 되었다. 기온이 너무 떨어지거나, 산이 눈에 덮이거나 길이 얼어붙으면 나는 다시 산장에서 그를 기다렸고, 그는 눈 덮인 산길을 아이젠을 덧신고 백운대까지 올랐다. 겨울의 끝자락이던 햇볕이 따스한 날엔 그의 도움을 받아 나도 비봉 쪽을 오르기도 했다. 늦가을부터 시작된 산행은, 겨울을 지나 봄이 올 때까지 계속되었다. 진달래 가지에 물이 오르고 봉오리가 맺힐 무렵엔 나도 제법 산을 즐길 수 있게 되었다.

"이제 곧 꽃이 필 거야."

황경오는 편편하게 뻗은 산 능선을 걷다가 소나무 사이에 군집한 진달래 가지를 손끝으로 쓸었다.

"진달래꽃 속엔 파란색이 있어요. 그래서 파란 분홍색이야."

"수완처럼."

"내가 추워 보여요?"

"그래서 너를 따뜻하게 해주려고 애쓰는 거야."

"술을 먹이고?"

"농담을 하고."

농담과 술, 황경오는 방송국에 있을 때와 산에 오를 때 외에는 술 마시고 있거나 술 마시러 가거나 술 마신 뒤였다. 첫날 차 안에서 들려오던 음성도 술친구를 모으고 술 약속을 잡았다는 사실이 떠올랐다. 나를 위해서가 아니라 그는 원래 그런 사람이었다. 아마도 집중해서 촬영을 하거나 삼사 일씩 밤샘 편집을 하고 방송 전후엔 시청률을 의식해야 하는 강도 높은 생활이 시간이 드는 휴식 대신 폭탄주로 스스로를 때려눕히는 술꾼으로 만들었을 것이었다. 나는 좀 더 차분하기를 바랐으나 황경오는 시간과 일과 시청률에 쫓기느라 늘 긴장과 흥분 상태였다. 그의 소망은, 장기 기획제작팀으로 옮겨 가 이 년쯤 시간을 벌어 히말라야 트레킹을 코스별로 찍는 것이었다. 산을 오르는 전 세계인을 인터뷰하며. 몇 년 동안 휴가를 모아 EBC 칼라파타르 코스를 가려는 것도 제대로 된 기획안을 넣으려는 또 하나의 목적이 있었다.

16

　방 두 개, 거실, 화려한 욕조까지 있는 고급 오피스텔이었지
만, 황경오가 말한 대로 휑하니 비어 있었다. 거실 창에는 커튼
이나 블라인드조차 없었다. 묘할 정도로 빈 채로 소독한 듯 깨
끗하게 청소되어 있었다. 거실 창가에서 남산타워가 보였다.
밤의 불빛 위로 불쑥 솟아 색색의 조명으로 반짝이는 남산타워
가 이 집에서 유일한 볼거리였다.

　"내 등대야. 밤중에 저걸 보면 안심이 돼. 아직은 삶의 안쪽에
있다는 느낌이 들지."

　"방 좀 둘러봐도 돼?"

　황경오는 침실 문을 열어 주었다. 창가에 놓인 슈퍼싱글 침대

하나, 그게 전부였다. 침실 창도 반투명 유리 그대로 노출되어 있었다. 벽에 못이 박혀 있었지만 흔한 사진 액자 하나 걸려 있지 않았다. 황경오는 맞은편의 작은 방문도 열어젖혔다. 산 냄새가 밴 방엔 짐들이 가득 차 있었다. 등산화들이 방 한가운데 바닥을 차지했고, 텐트와 배낭과 스틱과 버너와 코펠 같은 등산 장비가 사방 벽에 재여 있었다. 환기와 건조를 위해서인 듯 방의 창문은 반쯤 열려 있었다. 그가 어디에 집중해 있는지 단번에 알 수 있는 광경이었다. 방문을 닫는데 어쩐지 기분이 무거워졌다.

"책조차 사무실에 있어."

황경오가 해명하듯 말했다.

"밥은?"

"회사 근처에 단골 백반집과 해장국집이 있지. 저녁엔 주로 술을 마셔. 밥은 점심에만 먹는 정도지."

그는 술에 취해 들어와 자고, 술이 깨기 전에 나가는 생활을 반복하는 것 같았다. 내가 가방에 넣어 간 잠옷과 화장품과 침실에 걸어 주려고 가져간 드림캐처가 무색할 지경이었다.

싱크대는 물 얼룩이 진 채 메말랐고, 냉동실은 텅 비었고 냉장고엔 생수와 맥주뿐이었다. 하지만 채소 박스엔 한약을 비롯

해 다양한 건강 즙들이 들어 있었다. 술꾼이 직접 샀을 리 없었다. 노모나 누나들이 아닐까, 예상하며 공연히 확인했다.

"누가 보낸 거야?"

내 음성은 심드렁했다. 황경오가 어깨를 으쓱했다.

"전처."

"왓?"

의외의 등장인물이어서 전두엽에 쥐가 나는 기분이었다.

"전처가 왜?"

"내가 술을 많이 마시는 거 아니까 어느 날 급사라도 할까 봐 그러지 않을까? 그 여잔 내가 죽는 꿈을 자주 꾸어. 예전부터 그랬지. 그 여자의 꿈속에선 내가 늘 높은 곳에서 추락사해. 내가 죽는 꿈을 꾼 다음 날이면 낮은 산이든 높은 산이든 등산은 안 된다고 말리며 울었지. 그러고는 온갖 건강 즙을 주문하며 호들갑을 떨었어. 그 버릇이 계속되고 있는 거야."

이혼한 남자의 생태계에 전처가 출몰하다니 사생활이라고 묵과할 수는 없었다. 그는 소속을 분명히 할 필요가 있었다.

"요즘도 추락사하는 꿈을 꾸는 거야?"

"같은 꿈을 꾼대."

"하지만 이젠 상관없는 사이 아니야?"

"나는 아이들의 아빠야. 나의 안위는 그 여자에게 여전히 중대해."

중요한 것도 아니고 중대하다는 의미에 대해 생각했다.

"이혼한 거 맞아요?"

황경오는 눈썹과 입술을 동시에 찌푸렸다.

"그러니까, 이혼한 아내가 여길 오는 거예요?"

"아마 일주일에 한 번씩은 올걸. 청소를 하고 가지. 뭔가 내가 가져다 놓으면 이내 사라져. 뭐든 사라지지. 침대 곁에 걸어 둔 에베레스트 사진조차 걷어치웠어. 그래서 이렇게 텅 빈 거야."

마음이 검어졌다. 그건 절망감이었다. 결혼 생활을 해보지 않았으니 이혼 생활도 알 수 없지만, 이해하기 어려웠다.

"상식적이지 않네."

"실제로 상식적으로 사는 사람은 없어. 그래서 상식선이 있는 거야."

황경오는 그 말을 증명이라도 하려는 듯, 나의 허리에 팔을 둘렀다. 그리고 부드럽고도 완강한 완력으로 나를 당겨 안았다. 나는 그를 밀어낼 수 없었다. 미움이 들어서는데도 두 몸의 자력이 너무 강렬해서 현기증이 났다. 당신은 무책임하고 제멋대로이고 술주정뱅이고 몹쓸 인간이야, 라고 떠들면서도 나는 그를 밀쳐 낼 수 없었다. 사랑은 좋은 사람과 하는 게 아니다. 사랑은 좋고 나쁜 것을 초과한다. 사랑은 특별한 사람과 하는 것이다.

　복도를 걸어 나올 때, 황경오가 한쪽 팔로 내 목을 감으며 말했다.

"이제 속이 후련해? 방을 봤으니?"

"후련한 게 아니라 싸늘하게 식네요."

"넌 나를 탐색하려고 방, 방 하며 조른 거지."

"관계가 생겼으니, 알려는 건 당연한 거 아니에요?"

우리는 엘리베이터 앞에서도 낮은 소리로 거의 싸우듯 빠르게 말을 주고받았다.

"이제 나에 대해 제법 알게 된 거야?"

계속 만나고 싶었다면 안 봤어야 했단 생각이 들었다.

"그러지 마. 난 누가 나를 탐색하는 거 질색이야."

"당신은 내 방을 드나들고, 나에 대해 많이 알잖아."

"몰라. 난 네 인생을 몰라. 너의 지난 일, 너의 가족. 난 내 눈 앞의 너만을 알고 그것으로 충분해. 그러니 너도 보이는 나만 보도록 해. 나를 파고들지 않길 바라. 이거 진심이야. 누구의 인생이나 너무 가까이 다가가서 보면 폐허인 거야. 무너진 잔해들로 가득한 폐허이지. 폐허를 덮기 위해 다시 뭔가를 하고, 또 하는 거야."

거긴 전처라는 잔해가 있었다. 건강 즙의 모습으로. 제멋대로 들어와 뭐든 치워버리는 모습으로. 감시하고 관리하는 모습으로. 정확히 말하면 상식적이지 않은 게 아니라 기형적이었다. 엘리베이터에서 내리자 나의 걸음이 갑자기 느려졌다. 주차장에서 황경오의 뒤통수에 시선을 두고 따라갔다.

"그만 노려보고 빨리 와."

황경오는 뒤통수에 눈이라도 있는 것처럼 돌아보지도 않고 말했다. 내가 옆으로 다가가자 황경오가 말했다.

"마음 쓰지 마. 시간이 좀 걸리지만 다 정리될 거야."

황경오가 나의 손을 꽉 잡았다.

황경오의 방에 다녀온 바로 다음 날 이상한 전화를 받았다. 사무실에선 사적인 통화를 자제하는 오전 열 시였다. 전화기 속의 여자는 내게 대뜸 반말을 했다.

"상자 속의 남자 알아?"

상자 속의 남자라니, 무슨 뜻인지 도무지 알 수 없었다. 어디서 판매하는 물건인가, 했다.

"황경오. 그가 바로 상자 속의 남자야."

그제야 나와 관계있는 여자란 걸 알아챘다.

"그 방에 다신 가지 마."

여자는 모든 것을 안다는 투였다. 전처였다.

"적어도 그 방에선 그이와 붙어먹지 말란 뜻이야."

"방에 폐쇄 회로 티브이라도 달아 두었나 봐요?"

"그보다 더한 것도."

온몸의 털이 쭈뼛 서는 기분이었다.

"무슨 권리로 내게 이런 말을 해요?"

법적으로든 정서적으로든 정리된 관계로 알고 있었다.

"권리 같은 소리 하네. 적어도 그 방은, 내게 권리가 있어. 내 이름으로 구입했거든. 정확히 말하면, 거긴 내 방이야."

진심으로 당황스러웠다. 사람들은 돈에 대해 이야기하길 꺼리지만, 돈이야말로 관계를 명확하게 드러내는 법이다.

"흥, 여자들은 늘 돈에 놀라지. 그이는 빈털터리야. 그게 무슨 뜻인지 알아? 내 손바닥 안에서 논다는 뜻이야."

"……"

"둘이 끌어안고 얽히든, 해외여행을 가든, 사랑 타령을 하든,

내 손바닥 안이야. 내가 늘 지켜본다는 걸 명심해."

무서웠다. 음성 때문이기도 하고, 내용 때문이기도 하고, 또 뭔가가 더 있을 것만 같은 예감 탓이기도 했다.

"넌 그 방에 가지 말았어야 했어. 넌 참고 있는 나를 건드린 거야, 넌 파국을 자초했어. 오늘은 주의를 주지만 다음엔 경고를 할 거야. 그다음엔 내가 뭘 할 거 같아?"

"공갈 협박은 불법이에요."

나는 간신히 저항했다.

"웃기네. 너는 법대로 하렴. 난 법 뒤에서 청부업자를 살 테 니."

전화가 끊어졌다. 나는 잠시 숨을 쉬지 못하고 앉아 있었다. 현실이 급작스럽게 공포 영화로 바뀌었다. 문 앞에 서 있던 다연이 내 자리로 와서 등을 두드렸다.

"무슨 전화야? 얼굴이 백지 같다. 수완아, 수완⋯⋯."

나는 곧바로 장에게 전화를 했다. 마침 사내에 있었다.

"무슨 일 있어?"

사내 휴게실에서 만난 장은 근심스러운 얼굴로 나의 행색을 살폈다.

"황경오에 대해 좀 알아봐 줘. 알아낼 수 있는 건 다."

"무슨 일인데 그래?"

"그의 전처한테서 협박 전화를 받았어."

내 꼴을 본 장도 심각해졌다. 그는 어딘가로 전화를 걸었다. 처음 전화한 사람은 받지 않았다. 장이 두 번째로 전화한 사람은 받았다. 장은 일어서서 나가려다가 그대로 앉아 내 앞에서 통화를 했다. 전화를 받은 사람은 '블루문'에서 술을 마신 동기 중 한 사람이었다. 장은 황경오와 전처에 대해 묻고 응응, 하며 대답하고 또 묻고 응응, 하며 대답했다.

"좀 더 잘 아는 친구에게 알아보고 전화해 주기로 했어. 다른 친구와도 이야기해 볼게. 친구들끼리도 자세한 이야기를 하진 않으니까, 속속들이 알진 못해. 그냥 술친구로 좋으니까, 어울리는 거지."

나는 고개를 끄덕였다.

"그런데 상자 속의 남자가 뭐지?"

"상자 속의 남자?"

장은 상자 속의 남자라, 하며 휴대폰으로 검색을 했다. 나는 경황이 없어 검색할 생각조차 못 한 것이었다.

"아도니스군."

"아도니스?"

"아프로디테가 사랑하는 아도니스를 상자 속에 넣어 겨울 동안 지하의 여신 페르세포네에게 맡겼다고 하네. 아도니스는 봄부터 일 년의 반은 지상에서 아프로디테와 살고, 늦가을부터 일 년의 반은 지하에서 페르세포네와 살아. 그런데, 상자 속의 남자는 왜?"

"전처가 자기 거라고 하네."

"뭐?"

상이 놀라는 것도 무리가 아니었다.

"그 여잔 안 끝난 건가?"

"그보다 더 심해."

장은 멍하니 검색 내용을 보고 있는 내 등을 톡톡 두드려 주었다.

"너무 걱정 마."

17

"이혼한 이유가 산이라고 하더군."

"산? 그게 무슨 말이야?"

"황경오가 등산 가는 날짜가 다가오면, 전처는 늘 추락사하는 꿈을 꾼대."

"그래서, 이혼했다고?"

"다른 이유가 열 가지도 넘지만 그게 결정적인 이유였다고 해."

미움이 아니라 지독한 사랑싸움같이 들렸다. 장은 여기저기서 취합한 정보를 두서없이 들려주었다. 나는 틈틈이 다른 생각을 하느라 놓쳤다. 황경오의 처가가 꽤 재력가라는 이야기,

고급 빌라를 여러 채 소유하고 장인의 고향인 지방에도 도심 노른자위에 부동산들을 가지고 있다는 이야기, 황경오가 결혼 후에 아내와 아이들까지 데리고 뒤늦게 마르부르크인지, 무슨 부르크로 유학을 떠났다는 이야기, 황경오는 목마른 사람처럼 공부에 빠졌겠지만, 아내는 적응을 못 했다는 이야기가 귓등으로 흘러갔다.

"전처가 감기를 달고 살았고, 늘 가사도우미의 수발을 받았으니 먹는 것도 변변히 못 챙겼나 봐. 전처는 돌아가자고 졸랐고, 원래 결혼도 유학도 다 반대했던 처가에서도 아내 편을 들면서 불화가 시작되었다고 해. 그래도, 전처가 거기서 이 년이나 버텼어. 그러다가 폐렴이 걸린 아이들을 데리고 한국으로 나와버린 거지. 그 후부터 아내는 친정에 들어가 지냈고, 황경오는 육 년 뒤에 돌아왔어. 박사 학위는 못 받고 수료만 했다는 군. 황경오가 돌아왔을 때, 전처가 처가에 들어오라고 했는데, 거절하고 지방으로 가버렸어. 당시 황경오는 학교에 자리를 잡으려고 지방대학에서 조교수 생활을 시작한 거야. 그때 여자 문제가 생겼었나 봐. 전처가 자살 소동을 일으키고, 정신과 치료를 받고, 그 바람에 장인 장모 눈에 완전히 벗어난 거지. 장인 장모는 이혼을 하라고 종용했는데도, 전처가 버텼다고 해. 전처가 황경오에 대한 애착증이 심한가 봐. 애들한테도 그렇고. 황경오가 학교에 자리 잡지 못하고, 지방방송국에 들어갔다가 서울로 올라온 게 사 년 전이야. 당시 아내는 또 처가로 들어오기를 요구했는데, 그는 들어가지 않았어. 그 일로 전처뿐 아니라 장인 장모와도 갈등을 하다가 극단적인 상황까지 가서 이혼한 거야. 빈털터리로 헤어진 것도 모자라, 월급의 절반을 양육비로 보내고, 무슨 채무 증서까지 썼다는군. 유학 비용을 처가에서 댔으니까, 이런저런 계산을 한 거 같아. 게다가 아이들 접견 조건도 있어서, 토요일마다 식사를 하는데, 전처가 같이 나온대. 말하자면 이혼을 하면서 오히려 아이들과 전처를 정기적으로 만나게 된 거야. 그러니 전처가 일거수일투족을 모를 리가 없는 거지. 이혼도 상식적이지는 않아. 집집마다, 사람마다 달라서, 그 속을 들여다보기 전엔 도무지 내막을 알 수가 없어. 알고 보면, 사람마다 그 중심엔 뭔가를 숨기고 사는 거 같아. 이렇게 되니, 내가 미안하네. 공연히 그날 술자리에 가자고 권해서는."

18

경복궁 동문을 마주 보는 법륜사 앞길엔 다양하고 화려한 각
양각색의 한복을 입은 외국인들과 내국인들이 뒤섞여 넓은 치
마폭을 펼치고 둥둥 떠다니는 듯했다. 중국인, 일본인, 유럽인,
히잡을 쓴 채로 한복을 입은 동남아 무슬림 여성들, 왕의 복식
을 한 흑인 둘이 지나가자 이열과 나는 얼굴을 마주 보고 웃고
말았다. 축제에 간 기분이었다. 미술관에서 영상 작품들을 관
람하며 보다가 졸다가 한 뒤 관내의 레스토랑에 들어가 피자와
맥주를 시켜 먹었다. 맥주를 한 잔 더 시킬까 말까, 고민할 때
엄마의 전화가 왔다.

"레스토랑 한다고 계약한 사람이 두 달 동안 인테리어를 해

놓고는 철수해버렸어. 아직 때가 안 됐다, 자신이 없다, 마누라 가 반대한다, 하며 손을 뗀 거야."

"그러면 공사만 하고 떠났다는 거야?"

"그런 거야. 이젠 안팎으로 아주 멀쩡하다. 그 사람도 꽤나 손 해를 본 거지."

"그러면 엄마 입장에선 아주 나쁜 일만은 아니네."

"그런가? 하지만 이자를 또 내야 하게 생겼잖니. 신경이 쓰여 죽겠다. 금방이라도 미칠 것만 같아."

"너무 조급해하지 마세요."

나는 엄마가 듣고 싶어 하는 말을 해주었다.

"이자는 계속 보낼게요."

"고맙다."

엄마가 자식에게 고맙다고 말할 때 어떤 기분일까. 나는 엄마 의 집에 있는 수족관과 열대어들을 떠올렸다. 엄마와 여동생이 단 한 가지 정성 들이는 게 있다면 열대어였다. 열대어는 세상 에 무심하고 엄마와 여동생에게도 무심하다. 물론 내게도. 그 게 편안했다. 그리고 당연히 열대어는 태평하고 아름답다.

"무슨 생각해?"

전화를 끊고 가만히 있는 나를 이열이 건드렸다.

"열대어."

이열은 내가 가족 때문에 심란한 것을 다 안다는 얼굴이었다. 아무리 작은 소리로 말해도 바로 옆에 앉아 통화하는 말은 들 킨다. 특히 이자, 같은 단어는. 이열은 휴대폰에서 사진 한 장을 보여 주었다.

"마마야."

"마마?"

그 순간 꽃처럼 피어나는 이열의 향기로운 눈빛을 보며 나는 어처구니없게도 질투심을 느꼈다. 야윈 얼굴, 주름이 많았지만 몹시 감각적으로 보이고 여전히 아름다웠다. 화이트 골드 목걸 이에 장식된 물빛 에메랄드가 잘 어울리는 노인이었다. 가슴에 놓인 손가락에도 목걸이와 세트인 에메랄드 반지를 끼고 있었 다. 언뜻 얼굴이 흰 베트남 여인 같았다.

"일흔여섯 살이셔, 아직도 매니큐어를 해."

파란색 손톱이었다.

"잘 어울리네."

"마마는, 한국에 돌아와서 두 번 더 결혼했어. 세 번째 남자를 만난 건 예순세 살 때였지. 그 남자는 칠순이었어. 뒤늦게 만나 얼마나 함께 살 수 있을까, 했는데 그래도 십 년 동안이나 행복하게 살았어. 행복한 말년을 보낸 거지."

"지금은 혼자 사셔?"

"혼자인 것도 즐기셔. 홀가분해 좋다고. 배달을 잘 이용하니 생필품 조달도 문제없고. 한 달에 한 번 정도 방문해. 담에 같이 갈래?"

이열은 늘 앞으로 할 일을 제안했다. 나는 실없이 제안에 응하곤 했다. 고양이를 맡는 일 같은 건 그렇게 되어도 그만, 안되어도 그만인 일들이었다. 하지만 노모의 집을 방문하는 일은 좀 묵직했다.

"너도 마마라고 부르면 돼."

"마마."

"부담 갖지 마. 요즘 마마는 뭐든 금세 잊어. 너를 봐도 그럴 거야."

그러자 마음이 가벼워져서 고양이를 맡는 일과 다를 게 없게 느껴졌다.

"거기 네 방이 있어?"

"있지. 대학 가기 전, 그러니까 내가 집을 떠나기 전 그대로 야. 벽엔 침대에서 공을 던져 넣던 농구대와 세계 전도가 붙어 있고, 지금은 전혀 치지 않는 전자 기타까지 있어."

이열은 무엇이든 가볍게 만드는 재주가 있었다. 그의 인생에 무거운 건 없을 것 같았다. 황경오는 강렬하고 자극적이고 매력적이고, 이열은 담담하고 소소하고 편안했다.

"좋아, 갈게."

"요즘 너 많이 달라 보인다."

"어때 보이는데?"

"낙심한 듯도 하고, 관능적이기도 하고. 어딘가 사나워 보여. 뺨 언저리가 붉기도 하고."

"사나워 보인다고?"

"관능의 특성이기도 하지."

"전엔?"

"봉오리를 닫은 튤립. 새침하고 순수했지."

그러자 참아 온 피로가 몰려왔다.

"그제는 그의 오피스텔에서 선 채로 했어. 아무것도 없이 황량한 방에서 남산타워를 보면서. 때론 우리가 미친 것 같아. 발밑에 온갖 문제가 산적해 있는데도 물불 가리지 않고 섹스를 해. 우리 관계에 대해 낙심한 상태였는데도. 그가 이혼한 이유를 들었어. 이유가 사랑인지 미움인지 알 수가 없어. 죽도록 집

착하는 것 같은 이혼이었어. 난 뭔지 정확히 모르지만 좌절했어. 좌절했는데, 그가 항상 그리워. 희망이 없는데, 만나면 다급하게 몸을 섞는 거야. 그와 사랑을 나눌 때 난 숨을 쉬지 않아. 어디로 숨을 쉬는지 모르겠어."

"아름답네."

이열이 말했다. 아름다워. 아름다우면 됐지, 하는 식이었다. 사람들이 서로 어떤 말들을 나누는지 타인들은 도저히 모를 것이다. 나는 황경오와 사랑을 나눈 이야기를 이열에게 허물없이 하곤 했다. 왜 그런지 내 의식 속에서 이열은 나와 황경오 사이의 관계자 같았다. 이중 약속 때문인지도 모른다. 그날 처음 맨몸을 드러낸 우리 둘 사이에 이열이 집요하게 전화를 하며 파고든 것이다. 무엇보다 이열과 나는 서로에게 문을 열어 두기로 한 특수 관계였다. 하지만 그날 이열은 다른 말을 덧붙였다.

"수완, 그 남자의 곁에서 네가 어떤 모습인지 알아야 해. 사랑을 위해 사랑하지는 마. 그런 사랑은 너를 해쳐. 너를 위해 사랑하도록 해. 희망 없이 사랑하는 건 차라리 괜찮아. 하지만 힘들거나 불편하고 슬프고 불안한 건 사랑이 아니야. 사나워지는 것도 사랑이 아니야. 힘들어지면 언제든 그만두도록 해."

"내가 힘들어 보여?"

이열이 고개를 끄덕였다.

"내 생각에, 삶이 인간을 파고들어 숙주로 삼는 질병인 것처럼 사랑도 인간을 숙주로 삼는 질병이야. 둘 다 인간을 숙주로 해서 파고들었다가 재를 남기고 떠나가지. 인간은 죽지만 삶과 사랑은 시작도 끝도 없이 영원불멸을 향해 가. 그러니, 삶과도 사랑과도, 그 모든 것과도 거리를 두는 편이 현명해."

"난 현명한 게 뭔지 모르겠어."

"현명한 건 누구에게나 어려워. 하지만, 현명해지려고 노력해야 해."

"그러니까, 어떻게 노력하느냐고요?"

"사리 분별을 하고, 힘보다는 요령으로 하고, 자신답게 하고, 그리고 마지막이 중요해. 열지 말아야 할 것은 닫아 두는 것. 그 정도만 해도 현명해질 수 있을 거야."

"대단하네. 이해는 되지만 너무 어렵다."

타고났거나, 한 번쯤 죽어 보았거나, 그도 아니면 아주 많이 늙어야 겨우 현명할 수 있을 것 같았다.

귀갓길에 마을버스를 타고 시청 앞에서 내려 백화점으로 가 장을 보았다. 이열은 연어를 두 팩 장바구니에 넣었다. 뱃살 부분이 부드럽고 고소해. 조리법은 간단해. 소금과 허브, 후추를 뿌리고 구워. 맛간장에 생 와사비를 준비하면 끝이야. 내가 집게로 흙당근을 골라 담을 때 이열이 물었다.

"당근밭에 가 본 적 있어?"

"없는데."

"당근밭은 신기한 곳이야. 예쁘기도 하고. 당근 줄기와 잎을 붉은 당근과 연결시키기란 쉽지 않거든. 무엇보다 난처한 건 당근 냄새가 성적인 흥분을 일으킨다는 거야. 난 그랬어. 당근 밭 한가운데서 쩔쩔매며 오도 가도 못 하고 갇히는 거야."

당근밭을 본 적 없었지만, 당근밭에서 성적인 흥분에 휩싸여 꼼짝 못 하고 서 있는 남자는 상상할 수 있었다. 이열은 나를 웃게 만들고는 자신도 클클 웃었다. 나는 연근을 장바구니에 담았다.

"난 연밭엔 가 봤어요."

"대견하네."

이열은 말과 달리 연밭에 가 보지 않은 사람도 있느냐는 듯 클클 웃었다. 그는 아스파라거스를 장바구니에 담았다.

"연 씨를 먹어 본 적 있어?"

"없는데."

"중국 복건성에서 껍질과 속을 제거한 연한 미색의 연 씨 가루를 구했었어. 먹으면 잠이 온다기에. 당시 한 달 동안 자지 못했거든. 그걸 한 통 사서, 오후에 호텔에 들어가 티스푼으로 세 번 먹었는데, 다음 날 아침에야 깼어. 마법에 걸린 것 같았어. 자고 일어나니 놀랍도록 몸이 가뜬하고 정신이 맑은 거야. 그 길로 나가 세 통을 더 샀어. 한동안 그 덕분에 잠을 잤는데, 그 후론 이상하게도 같은 제품을 구할 수 없었어. 다른 제품은 효과가 나지 않고. 지금도 그 잠이 그리워."

"곧 상해에 갈 거야. 혹시 연한 미색의 연 씨 가루를 발견하게 되면 사다 줄게."

"정말이지?"

"난 네가 숙면하기를 바라. 무슨 일이 일어나든 상관없이."

난 레몬을 장바구니에 넣었다. 각자 장바구니는 각자가 계산했는데, 이열이 내 쇼핑 봉지에 연어 한 팩을 넣어 주었다. 나는 레몬 세 알을 그의 쇼핑 봉지에 넣어 주었다.

"예쁘게 웃네."

나는 내가 웃는 줄 몰랐다. 그의 곁에 있을 때 내가 예쁘게 웃는 모양이었다. 어쩌면 나의 눈도 갯버들같이 솜털이 돋았는지 모를 일이었다. 나는 보지 못하지만 이열은 늘 보는지도.

19

밤 열한 시가 살짝 넘은 시간, '골든 마운틴'에서 돌아온 직후
였다. 욕실에서 씻고 나왔을 때, 전화가 걸려 왔다. 엄마인가 했
는데 황경오의 전처였다. 세 번째로 온 전화였다. 그는 내가 누
군가의 전화를 받는 것을 보고는 욕실로 들어갔다. 전화기 속
에서는 서늘한 음성이 일방적으로 흘러나왔다.

"너는 밤늦게 택시에서 내려 은하수빌라의 계단에서 마스크
를 한 남자와 마주칠 거야. 그는 스치다가 너의 발을 걸어 넘어
뜨리지, 넌 한 발을 들어 올린 채 기우뚱거리다가 아래로 곤두
박질쳐 떨어질 거야. 계단이란 그리 높지 않아도 치명적이지.
네가 멀쩡하다면, 그 남자가 내려가 조용히 허리를 밟아 분질

러 줄 거야. 혹은 그 품에서 짧은 칼을 꺼내 네 얼굴만 그을 수도 있어. 그자의 마음이지. 물론 폐쇄 회로 티브이가 녹화되고 있으니 도망가지 않아. 그는 돈을 충분히 받았으니 나에 관해 입을 다물 거야. 그자들은 준비성이 있어. 그들은 적어도 일 년 전부터 정신과 병원의 손님일 거야. 네가 타고 다니는 자동차는 안전할까? 네가 신호를 받고 서 있어. 어디든 좋아. 그는 너를 추적할 테니까. 그의 차는 이 톤 트럭이야. 정지한 네 차의 뒤꽁무니를 향해 돌진하기 좋은 차지. 넌 경추가 나가 즉사하거나 최소한 반신마비야. 그게 그의 목적이지. 그래 봤자 그는 과실치상 혹은 과실치사야."

여자의 음성은 높낮이조차 없이 일정했다. 녹음해 둔 것을 틀고 있는 것처럼 차갑고 차분하고 기계적인 음성이었다. 드라마에서나 나올 것 같은 여자가 실제로 있었다.

"너는 그이에게 일러바치며 무섭다고 하소연하겠지. 네가 울면 그이는 둘이 외국에 나가 살자고 할 거야. 산이 좋은 나라들, 캐나다나 네팔이나 스위스. 하지만 그이는 못 가. 가서 살 능력이 안 돼. 내가 없으면 사실 아무것도 못 해. 산에 가는 거 외엔 혼자 할 수 있는 게 없어. 그래서 죽어라고 자신을 산으로 내모는 거야. 난 그이를 움켜쥐고 있지는 않아. 그이 스스로 붙잡히는 거야. 무슨 뜻인지 알아? 그는 아이들과 나와 재력에 약해. 너 같은 여자들과 놀기는 하겠지만 삶을 같이하진 않아. 그는 겨울이 지나 봄이 오면 삶을 찾아서 내게 돌아와. 네가 가질 수 있는 건, 누구에게도 보여 줄 수 없고 아무 소용도 없는 상자 속의 남자지. 그것도 춥고 어두운 겨울 동안만. 그의 불행과 가난과 외로움이 낭만적일 동안만. 그뿐이야. 내가 장담해. 그이는 진달래가 피기 전에 너를 떠날 거야. 가상하게도 네가 그 전에 헤어진다면, 난 네게 섭섭지 않게 사례를⋯⋯."

나는 전화를 끊고, 침대에 누워 이불 속에서 옷을 하나씩 벗어 방바닥에 내던졌다. 옷을 다 벗었을 때 그가 욕실에서 나와 침대로 들어왔다. 그는 내가 알몸인 것을 알아채고 웃음을 터뜨렸다. 깜찍하네. 황경오도 서둘러 옷을 벗어 내던졌다. 나는 그의 단단하고 부드러운 두 팔 안으로 파고들었다. 내일 사고가 나도 하는 수 없지. 이게 우리의 마지막이라 해도, 아도니스, 상자 속의 남자. 그의 품속에 짙은 불 냄새와 향내가 고여 있었다.

새벽에 잠이 깨자 오싹 무서워졌다. 악몽을 꾸다가 깬 느낌이었다. 내용은 생각나지 않고 무서움만 남아 있었다. 조심하고 살았는데도 어쩌다 이런 일에 휘말렸을까, 하는 생각이 들었다. 나는 뒤척이다가 자고 있는 황경오의 귀에 대고 전처가 전화한 내용을 말했다. 허언증이야…… 언제 깼는지 황경오가 중얼거렸다. 그 여사의 병이지. 정신과 치료도 받았지만 낫지 않아. 아니 스스로 고치지 않아. 허언증이 없는 세상은 너무 재미없거든. 그런 부류의 사람들은 돈으로 안 되는 일이 세상에 있다는 것을 받아들일 수 없어 분노하고 좌절해. 그 때문에 거짓말을 하는 거야. 무서워하지 마. 아무 일도 안 생겨. 내 말을 믿어. 사랑해. 수완, 자자…… 황경오는 잠꼬대 같은 말을 하고 다시 잠들었다.

그 여자가 길을 가다가 빙판에 쫘당 하고 자빠져 어디 뼈라도 부러져 병원에 드러눕기를 기도했지만, 그 부유한 여자가 추운 겨울에 삼 분이라도 길을 걸을 확률은 거의 없었다. 더구나 빙판길을. 한 가지라도 위험을 줄이기 위해 나의 자동차를 내다 팔 궁리도 했다. 출시된 지 오 년 된 흰색 소형차였다. 새차일 땐 뻔질나게 타고 나갔지만, 차차 시내에선 주차 문제나 도로 정체와 음주가 신경 쓰여 거의 타지 않았다. 하지만 야근이 이어질 때는 버릇처럼 차를 몰고 출근했다. 차를 가져가면

새벽 두 시든, 세 시든 일을 마치는 대로 주차장으로 내려가 귀
가하기 좋은 것이다. 심야나 이른 새벽에 일에 지친 몰골로 텅
빈 거리에 나가 서서 택시 잡는 것도 싫고, 또 택시를 타는 것
도 무서웠다. 처음 자동차가 생겼을 때는 한밤중의 드라이브에
빠졌던 적도 있었다. 모두 잠든 심야에 도시를 빠져나가 강변
도로를 타고 남쪽이나 북쪽으로 달리다가 돌아오곤 했다. 특히
토요일 밤이나 비가 내리는 밤, 불면증이 이어지는 밤엔 드라
이브가 수면제보다 나은 처방이었다. 실컷 달리고 돌아오면 그
대로 기절한 듯 잠이 들었다.

20

삼월 마지막 날이었다. 산에는 진달래가 피었을 텐데, 비가 내렸다. 전날 저녁부터 또닥또닥 내리던 비가 오후가 되자 폭우로 변했다. 긴 가뭄과 황사와 미세먼지에 익숙해 있다가 갑자기 비가 내리니 마음의 단층들이 떠밀리며 일이 손에 잡히지 않았다. 잠시 세상에 나오는 봄꽃들은 가장 좋은 날을 골라 피고 싶겠지만, 실제로 좋은 때는 잠시일 뿐 꽃샘추위에 떨고 비바람에 흔들리고 미세먼지에 덮이며 끊임없이 시련을 겪는다. 예감이 좋지 않았다. 그런 날은 아무도 만나지 말았어야 했다.

처음 황경오를 만나던 무렵엔 생선을 정교하게 발라 먹는 모습에도 설레었다. 그가 발라 먹은 생선 머리와, 가시가 빗처럼 달린 등뼈와 꼬리를 보며 완벽한 섹스를 떠올렸었다. 하지만 그날은 생선을 차근차근 발라 먹는 황경오의 모습이 무서웠다. 마치 생선이 나 자신인 것처럼. 그는 눈알까지 뽑아서 호로록 즙을 빨아 먹었다. 그날따라 말이 없어서 더 긴장하게 되었던 것 같다. 내가 말을 시켜도 그는 무시하고 먹는 데만 전념하더니 식사를 마치고 바로 옆 카페로 자리를 옮겼다. 그러고서야 말을 꺼냈다.

"누군가가 내 뒤를 캔다는 소문을 들었어. 실을 잡고 거꾸로 따라가 보니, 그 사람이 바로 너였어."

당황했지만 그의 눈을 피하지 않고 바라보았다. 그의 눈 속에 파란빛의 꽃잎이 떠 있는 것 같았다.

"너는 실수했어. 그러지 말았어야 했어."

그가 슬프게 말했다. 나를 파고들지 마, 진심이야, 라고 했던 경고가 떠올랐다. 밖엔 비가 더 세차게 쏟아졌다. 홍수라도 날 것 같은 기세였다.

"난 협박당했어."

"허언증이라고 내가 알려 주었잖아."

나는 두려웠는지, 불쾌했는지, 아니면 단지 호기심이었는지 생각해 보았다. 인생의 근본 문제는 권태와 지루함이라는데, 황경오를 만난 뒤론 지루할 틈이 없었다. 하루하루가 모험이었다.

"왜 내 말을 믿지 않는 거야. 그 여잔 아무 짓도 하지 않아."

"아무 짓도 안 한단 걸 내가 어떻게 믿어요?"

"너는, 너는 나를 믿었어야지. 너는 나를 믿지 않은 거야."

화병이 내부로부터 금이 가는 것이 보였다. 금이 간 화병은 물을 담고 있을 수 없다. 물이 새어 나가고, 이제 정성 들여 꽂은 꽃들이 시들어 갈 것이다. 차라리 알아보지 말고 황경오를 더 꽉 끌어안고 사랑을 했어야 했을까. 무엇보다 그 와중에도 황경오는 나를 감동시켰다. 화난 표정이 나를 끌어안고 사정하기 직전에 한순간 모든 동작이 정지될 때와 같은, 기묘하게 경직된 바로 그 얼굴이었다. 지난밤의 추억과 내일의 갈망이 일어나며 기운이 빠져나갔다. 비상식적이든 기형적이든 이혼한 건 사실인데, 이 모든 것이 다 무슨 상관인가. 내 방으로 가 그 얼굴을 안고 쓰러지고 싶었다. 그 많은 꽃들이 시들기 전에.

"어떤 경우에도, 뒤를 캐면 끝이야. 왜인지 알아? 방어할 기회를 주지 않고 야비하게 타인의 옷을 벗기기 때문이야. 그리고 넌 내 꼴을 감상했어. 내게 사과해. 넌 사과해야 해."

나는 사과하고 싶었다. 하지만 어정쩡한 표정과 자세를 바꾸지 못하고 앉아 있었다.

"이혼한 지 이 년도 채 되지 않았어. 이십 대 중반에 만나서 온갖 우여곡절과 전쟁을 겪으며 십오 년을 같이 보냈어. 마음까지 정리되려면 시간이 필요한 일 아니겠어."

내가 사과하려고 몸을 당겨 그에게 얼굴을 기울였을 때 그가 중얼거렸다. 여자들이란, 다 똑같아. 나는 얼굴이 굳어버렸다.

"뭐가 같다는 거예요?"

"관계할 줄을 몰라. 한 남자를 뿌리까지 파헤쳐 전부를 가지려고만 하지. 현재에는 현재의 일을 해야 하는데, 소유하는 것만 관계인 줄 알아. 그것에 실패하면 상처받았느니 어쩌느니 하며 울고불고 고소를 하고. 남의 뒤나 캐서, 세상을 시끄럽게 만들고. 너도 다를 게 없어."

"무슨 헛소리예요?"

그는 교묘하게도 자기중심적으로 해석하고 모든 것을 내 탓으로 돌리고 있었다. 허언증이 해명의 전부였다. 내 잘못이 아니라 문제가 잘못된 것이었다. 그는 전처의 잘못에 대해서는 너무 익숙한 나머지 무감각했다. 아니면 전우애가 너무 깊어 절대로 객관화할 수 없는지 모른다.

"나를 버리고 싶어? 아니면 내 인생을 발가벗겨 놓고 비웃으며 계속 감상하려고 했어? 뒤를 캤으면 차라리 그 여자와 싸워 이기면 좋겠다. 너 이길 수 있니?"

그는 자신의 싸움을 나에게 시키려 했다.

"그건 너의 싸움이야. 네가 정리해야 할 문제라고."

이런 식으로 나오는 남자들이 있다. 덜 자란 남자들, 억지를 부리고 횡포를 부리는 나쁜 남자들. 자신의 싸움을 여자에게 미루거나, 자신의 빚을 여자에게 미루거나, 자신이 해야 할 효도를 여자에게 미루거나 마찬가지였다. 서교는 부모에게 갚을 빚이 있다고 했다. 부모의 희생과 기대와 은혜를 저버릴 수 없다고. 부모의 뜻에 따르는 건 인간의 본능과 같은 거라고 변명했었다. 결혼은 원래 그런 거라고. 결혼은 집안의 문제이고, 혈통과 문화를 섞는 문제이고, 대출을 하거나 집을 사거나 주식을 살 때처럼 계산해서 하는 거라고. 서교의 말이 다 맞다 해도, 그런 결혼이라면 굳이 하고 싶지 않았다. 사회생활을 시작해 모든 지당하다는 것들과 매일 싸우던 시절이었다. 그 당시와 비슷한 좌절이 몰려왔다.

"그러니까, 왜 뒤를 캤냐고! 싸울 생각도 없고, 이길 수도 없으면서 함정이나 파고, 이젠 어쩔 거야? 그 함정에 나를 밀어

넣고 너 혼자 나가려는 거야? 상대의 뒤를 캐내 우스운 모양을 손가락질하고 돌아서는 게 네 이별의 방법이니?"

나는 자리에서 일어섰다. 황경오가 따라 일어서며 나의 팔을 잡았다.

"넌 그냥, 정신 나간 술꾼이야."

그 순간 황경오는 장난처럼 나의 뺨을 쳤다. 팔을 휘두르거나 손에 힘이 들어간 건 아니었지만 그의 손바닥이 스르르 올라와 타격을 가한 것이었다. 황경오는 나의 팔을 꽉 잡고 계산을 했다. 상가의 출입문을 나왔을 때, 나는 마침 서 있는 택시를 발견하고는 그를 뿌리치고 쏟아지는 빗속으로 뛰어들었다. 내가 택시에 타자 황경오도 나를 밀며 차 안에 들어왔다. 우리는 그 사이에 다 젖어버렸다.

"내려요."

나는 단호하게 요구했다. 택시 기사가 돌아보았다.

"미안해. 아깐 실수로 부딪친 거야. 정말 실수였어."

"내려요. 혼자 갈 거야."

택시 기사가 상황을 알아챘는지 움직이지 않았다. 와이퍼가 요란스럽게 움직이며 빗물을 가르고 있었다. 바깥엔 그야말로 억수같이 비가 내렸다. 도로가 시냇물처럼 물로 넘쳤다.

"우린 오늘 이야기해야 해. 수완, 난 네가 내 뒤를 캐고, 그리고 나를 버릴까 봐 두려웠던 거야. 그래서 화를 낸 거야."

이마가 싸늘해지며 오한이 엄습했다. 몸 안에서 파랗게 독이 오르는 것 같았다. 그럴 때면 얼굴은 새하얗게 질린다.

"혼자 갈 거예요."

택시 기사가 고개를 돌려 황경오를 쳐다보고 하차를 요청했다.

"정말 비참하네. 개 같네."

황경오는 중얼거린 뒤 택시 문을 열고 내렸다. 차 문이 닫히자 택시는 움직였다. 세찬 빗줄기 너머로 그가 비를 쫄딱 맞고 서 있는 것이 보였다. 언젠가 본 액션 영화 속의 한 장면 같았다. 하늘에서 그렇게 많은 물이 쏟아지는 것조차 현실감 없이 느껴졌다. 그러나 거리 한가운데에 그를 남겨 두고 집에 들어와 젖은 옷을 채 갈아입기 전에 초인종과 전화벨이 번갈아 울리기 시작했다. 문을 열어 주지 않자 황경오는 나의 이름을 소리 높이 외치고 문을 두드리고 발로 차며 분노를 폭발시키다가 문 앞에 내놓은 제라늄 화분들을 계단 아래로 내던졌다. 쿵, 쿵 하는 파국적인 울림이 빌라를 흔들었다.

여기가 끝이라고. 예감과 고집과 각오가 동시에 몰려왔다. 목소리 하나에 이끌려 술자리를 찾아가 하룻밤도 지나기 전에 얽혀버린 방종이 제대로 벌을 받는 셈이었다. 하지만 단순히 벌이라기엔 지나치게 달콤했다. 그러니 후회할 수도 없었다. 여기까지야, 여기까지가 내가 할 수 있는 방종이야. 난 책임질 것이고, 내 몫의 고통을 다 받아들일 거야. 그리고 이별을 돌이키지 않을 거야. 결심을 하는데 눈물이 목구멍 안으로 흘렀다. 빗소리 속에서는 내 이름이 계속 들려왔다. 밤이 되어 비가 그친 뒤에도 내 이름을 부르는 소리가 들렸다. 어디까지가 사실이고 어디부터가 환청인지 알 수 없었다. 자다 깨다 하며 흘린 눈물이 몸 안에 고인 듯 체온이 싸늘하게 식어 갔다. 언젠가 그와 비슷한 일이 있었던 것만 같았다. 자다 깨다 하며, 몇 번이나 사랑을 나누었던 긴 밤에, 그는 밤새 나의 이름을 불렀다. "수완, 나의 수완……, 눈을 감지 마, 눈을 감지 마……." 그는 속삭이고 나는 고비를 넘어가며 눈앞이 뿌옇게 흐려진 채 그의 얼굴을 바라보았다. 그때도 귓속에 눈물이 가득 고이고 목구멍으로 눈물이 흘러가는 것같이 어딘가 싸늘하고 슬펐다. 나는 그때 이미, 우리가 헤어질 거라는 사실을 알고 있었던 것이다. 나는 그 사랑을 견딜 수 없었다.

시간이 흐른 뒤 나는 자신의 한계를 가여워할지도 모른다. 겨우 거기서 멈추다니, 나약하고 어리석은 겁쟁이였다고. 그러나 알면서 죽어 가듯이, 알면서 멈추는 사랑도 있다.

"안녕. 네가 가장 사랑스러운 날에, 네가 가장 예뻤던 날에, 네가 가장 그리웠던 날에 난 숨이 끊어지듯 사랑을 멈춰."

황경오는 일주일 정도 전화를 계속하고 밤중에 집에 찾아와 벨을 눌러 대더니, 그다음 주부터는 문득 고요했다. 계획대로 에베레스트로 떠난 것 같았다.

21

사고가 났을 때, 어어 하던 순간에, 허언증이 아니었어, 하는
생각이 스쳐 갔다. 동시에 이열의 얼굴이 눈앞을 메웠다. 그리
고 하늘에서 검은 막이 내려오듯 시야가 까무룩하게 어두워지
며 암전이 되었다. 만약 그대로 이 세상을 떠났다면, 허언증과
이열의 얼굴이 내가 지니고 갈 마지막 단서가 되었을 것이다.
눈을 떴을 때 다연이 근심스러운 얼굴로 나를 내려다보고 있었
다. 그 뒤쪽에는 이열도 서 있었다. 그는 내가 깨어난 것을 보며
눈과 입을 동시에 커다랗게 벌렸다.

"내가 누군지 알겠어?"

다연이 다짜고짜 물었다.

"내가 누구냐고?"

참 이상한 다그침이었지만 나는 대답해 주었다.

"주다연."

"너는 누군지 알아?"

"함수완."

이열은 물끄러미 내려다보기만 했다. 나는 다시 눈을 감았다. 내가 병실에 있는 사실을 받아들이고 사고가 난 기억을 정리해야 했다. 둘은 숨도 멎은 듯 조용했다. 나는 눈을 뜨고 둘을 번갈아 보았다.

"나 어떻게 됐어?"

팔을 들어 올려 손가락을 움직여 보고, 다리를 움직여 보고 몸을 이쪽저쪽 틀어 보았다. 뼈에는 별 이상이 없었다.

"이거 몇 개니?"

다연이 손가락 세 개를 내보였다. 나는 마지못해 대답해 주었다.

"나 멀쩡한 거 맞아?"

"너 꼬박 하루 반나절 만에 깼어. 차는 반파되었는데, 외상이 전혀 없어서 더 무서웠어. 의사 말이, 뇌 손상은 일단 깨어나 봐야 안다고 하더라."

입원실이었고 나는 수액 주사를 맞고 있었다. 다연은 의료진을 부르는 벨을 눌렀다.

"어떻게 알고 왔어?"

나는 이열을 바라보며 물었다.

"네 전화기 받아서 확인해 보니, 이분이 여러 번 전화했더라. 또 전화가 들어오기에 내가 받아서 알려 주었어. 죽진 않는다기에 가족에겐 아직 알리지 않았다. 깬 뒤에 알리려고."

간호사가 와서 몸 상태와 혈압과 맥박을 확인하더니 곧 의사 선생님이 올 거라고 알려 주고 나갔다.

"사고 낸 사람 신원은? 혹시 알아?"

"그 인간 숙취 운전이야. 새벽까지 술 마시고, 딴에는 술 깬다고 사무실에 들어가 눈 붙이고는 집에 들어가 옷이라도 갈아입고 출근한다고 나온 거였대. 그런데 알코올 농도가 0.8이랬나. 운전면허 취소에다 다리 붙는 대로 형사 입건이야. 네 차를 비키느라 핸들을 꺾는 바람에 넌 충격이 덜했나 봐. 그쪽은 네 차와 부딪치고 직진하는 차 옆구리를 들이박았대. 이리저리 잘 피한 거 보면 그래도 본능적으로 운전을 잘하는 인간인가 봐. 갈비뼈와 다리가 부러져서 바로 옆 병실에 깁스하고 누워 있어."

"바로 옆 병실에?"

"응, 그자는 움직이진 못하지만 정신은 멀쩡하게 깨어 있으니까, 너 걱정 엄청 하더라."

"뭐 하는 사람이래?"

"증권회사 직원."

"확실해?"

"주식시장이 내려앉은 날이었대. 뻔하지, 스트레스가 너무 심하니, 퍼마셨겠지. 그런 사람들, 개중에는 못 견디고 이십 층에서 몸을 날려버리기도 하니까."

신원이 확실한 모양이었다. 그냥 단순한 사고인 것이다.

"너도 야근할 때 외엔 거의 차 가지고 나오지 않는데, 하필⋯⋯."

새벽 여섯 시 십 분경이었다. 도로는 텅 비어 있었고 고층 건물들은 아직 잠들어 있었다. 늘 다니던 도로였다. 몸도 정신도 곤죽처럼 늘어져서 어서 집에 들어가 뻗고 싶은 마음뿐이었다. 좌회전 신호를 받고 나갔을 때, 맞은편 도로에서 차 한 대가 달려오는 것이 보였다. 그때부터 마치 슬로비디오로 틀어 놓은 화면 속처럼 모든 것이 너무나 고요하고 느리게 흘러갔다. 한 순간이었지만 뭐든 할 수 있을 것만 같은 틈들이 있었다. 그러나 나 역시 지쳐서 순발력을 잃은 상태였다. 내가 한 대응이라곤 어어, 하며 운전대를 꽉 쥐고 급정지를 하고 눈을 감은 게 전부였다. 빌어먹을, 허언증이 아니었어, 라고 중얼거리며.

"나, 얼굴은 어때?"

다연이 말없이 백에서 손바닥만 한 거울을 꺼내 주었다. 얼굴이 전체적으로 부어 있고 눈은 충혈되어 있었지만 직접적인 상처는 없었다.

"이쪽 뺨에 멍이 좀 들지도 몰라. 그래도 교통사고 나고 이 정도면 기적이야. 에어백도 제대로 터졌고, 상대방이 그나마 좀 피해서 박았으니 이만한 거야. 상대 차 보험회사 직원이 벌써 다녀갔어. 이번 참에 새 차 받아. 또 뭘 협상해야 하지? 정신적 피해보상, 그런 거도 있나? 아는 사람한테 좀 알아봐야겠다. 통화 좀 하고 올게."

다연이 전화기를 들고 복도로 나가자 이열이 다가와 손을 잡았다.

"꿈을 꾸었어."

"……."

"오늘 새벽에."

"사고 시간에?"

이열이 고개를 끄덕였다.

"네가 내 방에 쓰윽 들어오더니 내 곁에 눕는 거야. 너무 놀라 화들짝 깼지. 그때부터 전화를 했는데, 받질 않는 거야."

"정말?"

"나중에 전화기 봐."

"신기하네."

"그래, 신기했어. 내 입 봐. 네 사고 소식 들은 뒤부터 입이 안 다물어져. 이렇게 계속 벌리고 달려와서 계속 입을 벌리고 있었다고."

그 와중에 이열은 나를 웃게 했다. 세상엔 신기한 일이 정말 있었다. 다연이 살짝 열려 있던 병실 문을 소리 없이 밀고 들어오다가 이열의 손에 잡힌 내 손과 얼굴을 힐긋 보았다. 다연은 사고 수습 이야기를 설명한 뒤 사무실에 다녀오겠다고 다시 나갔다.

"절친이 있으니 좋네."

"둘은 인사했나 봐."

"네가 하데스의 저승 세계를 다녀오는 사이에."

하루 반나절 사이에 페르세포네의 지하 세계라도 다녀온 것만 같았다. 황경오를 상자 속에 넣어 고약하고 사나운 아프로디테에게 돌려주기라도 한 기분이었다. 허언증을 가진 여자를 상대로 같이 미쳐서 싸울 생각은 없었다. 더구나 자기가 할 싸움을 내게 미루는 남자를 위해서. 상대 운전자의 신원이 확실하다니 마음이 안정되었다. 이열이 뭐라고 말하려는데 노크 소리가 들리더니 의사와 간호사가 들어왔다. 몇 가지 촬영과 검사가 기다리고 있었다.

22

"긴세월인 잘 있어?"

"물론. 늘 창가에서 시간을 보내. 주인과 놀아 주는 가사 노동도 성의껏 하고."

꿈에 내가 찾아갔다는 방을 그려 보고 싶었다.

"네 방에 관해 이야기해 줘. 시트와 이불은 어떤 색이야?"

"내 잠의 색과 같아. 딥 블루. 한번 잠들면 누가 업어 가도 몰라. 너는?"

"난 엷은 블루. 밤과 잠이 서로 비칠 만큼 얇은 잠을 자."

"집에 어떤 화분이 있어?"

"자주 집을 비우니 선인장만 살아남았어. 살다 보니 그렇게 된 거지. 며칠 전에 공작선인장이 내 방에 온 뒤 육 년 만에 처음으로 꽃을 피웠어. 놀랄 만큼 크고 화려했는데, 하루 만에 졌어. 그런 식이면 내가 집을 비웠을 때 피었다가 졌을 수도 있겠단 생각이 들더군. 그 꽃이 핀 걸 보면 행운이 온다는데, 아직 모르겠어."

"행운이 온다고?"

"꽃집 할머니가 그랬어."

"재미있네. 바라는 게 있어?"

"물론이지. 바라는 거 없는 사람도 있을까?"

바보 같은 질문을 한 것 같았다.

"또 물어봐. 뭐든. 특혜를 주는 거야."

심심하니까 떠오르는 대로 물었다.

"집에서 술 마셔? 주로 뭘 마셔?"

"위스키. 여름엔 맥주를 마시지만, 겨울엔 위스키지. 살다 보니 그렇게 된 거야. 맥주를 좋아하지만, 출장 다녀오면 떨어지고 없는데, 위스키는 기특하게도 언제나 나를 기다리고 있어. 많이 마시는 편이 아니니까."

나는 큭큭 웃었다.

"살다 보니 그냥 그렇게 되는 것들…… 그거 재미있네."

"환자가 웃으니 문병 온 보람 있네."

"욕조는 있어?"

"꽤 큰 편이지만 그 정도로 화려한 집은 아니야. 온도 조절되는 편백 나무 족욕기는 있어."

"부엌은 어때? 뭐가 있어?"

"초간단 부엌인데, 뭐든 두 개야. 커피 잔, 밥그릇, 국그릇, 접시 크기별로 두 개씩, 냄비 둘, 도마와 부엌칼, 과도, 국자 하나씩, 수저 두 벌, 전기 오븐, 전기 포터, 에스프레소 포터, 레몬 착즙기, 소형 블렌더, 프라이팬. 뭐 그 정도."

있을 건 다 있는 귀여운 부엌이었다. 매일 한두 끼는 해 먹는 사람의 부엌.

"마마가 사 주었어?"

"아니. 전혀. 내 방은 마마와는 상관없어. 한 번 온 적도 없는 걸."

"왜 두 개씩이야?"

"여유이고 기대이지. 하나씩은 좀 그렇잖아."

하나씩은 좀 그렇지, 나는 고개를 끄덕였다.

"아, 침실 벽엔 어떤 액자가 걸려 있어?"

"알프레드 스티글리츠의 거리 풍경 사진. 터너의 그림과 비슷하지. 내가 터너와 스티글리츠를 좋아한다고 말했나?"

"난 조지아 오키프의 〈투 옐로 리브스〉 복제화가 걸려 있는데, 신기하다."

두 사람은 부부였다.

"신기하네."

잠시 말이 끊어진 채 서로 바라보았다. 이열의 눈이 작은 곤충처럼 순했다.

"나도 뭐 하나 물어봐도 돼?"

내가 고개를 끄덕였다. 이열이 뜸을 들였다.

"그 사람은, 언제 와?"

황경오를 말하는 것 같았다.

"이러고 있으니 신경 쓰이네. 겹치면 곤란하니까, 오는 시간을 알면 좋겠는데."

이열은 금세라도 황경오가 병실에 들어올까 봐 마음 쓰며 불편한 것을 참고 있었던 것이다. 나는 얼른 대답했다.

"그는 안 와."

"왜? 어디 간 거야?"

"우리 끝났어. 살다 보니 그렇게 되네."

나는 이열을 흉내 냈다. 이열의 얼굴 아래로 기쁨이 고여 드는 것이 보였다.

"내 방의 선인장 꽃이 공연히 핀 게 아니었어."

"그게 바라는 거였어?"

"아, 그건 패스. 다른 질문은?"

"좋아. 방에 대해 이야기해 줘. 또 뭐가 있어?"

"스케치북과 4B 연필, 색연필들이 있어. 가끔 인물 스케치를
하거든."

"어, 미대를 나왔지?"

"미학과야."

"혹시,"

"수완,"

둘이 동시에 말해서 다음 말이 끊겼다.

"먼저 해."

내가 물러섰다. 이열의 눈 밑이 조금 붉어졌다.

"정말 헤어진 거야?"

나는 고개를 끄덕였다.

"실은 헤어지라고 말하고 싶은 걸 꾹꾹 참았어."

나는 알고 있었다. 모르는 척했지만, 얼굴에 쓰여 있는 것을
모를 수 없다.

"난, 뭔가, 아무도 모르는 정원에서 나 혼자 꽃잎을 모으고 있는 것 같았어. 인내심을 가지고 네가 검사하기를 기다리며 꽃잎들을 차곡차곡 모으는 거야. 네가 와서 이제 됐어, 충분해, 라고 할 때까지."

그 정도일 줄은 몰랐었다. 그런 일을 가볍게 여기는 사람 같기도 했던 것이다.

"그동안 내가 한 말 때문에 불편하진 않았어?"

"아니, 아름다웠어."

"진심?"

이열이 고개를 끄덕였다. 한 자락 그늘이 드리운 얼굴로.

"넌 좋은 사람이다. 이상할 정도로 내게 좋은 사람."

이열은 대답하지 않았다.

"혹시, 나도 그랬는지 물으려 했어."

"네 얼굴 그려 보긴 했는데, 네 특유의 느낌이 잘 나오지 않더라. 그래서 여러 장을 그리게 되었어. 볼래? 다음 주 주말에 내 방에서. "

"그래."

고대해 온 초대였다.

"내일 퇴원은 절친과 한다고?"

"그러기로 했어. 그게 편해."

이열은 휴대폰을 주머니에 넣으며 나갈 준비를 했다.

"전화할게."

이열은 나의 손을 잡고 작별 인사를 한 뒤 머뭇거렸다. 입을 맞출 것만 같았다. 입술이 아니어도 뺨이나 이마나 손에. 그러나 이열은 내 손을 얌전히 내려놓고 어색한 미소를 짓더니 그대로 떠났다. 이열과는 스킨십이 전혀 없었다. 미처 알기도 전에 어긋난 탓도 있었지만, 서로를 알아 온 시간과 친밀도에 비하면 차가운 간격을 유지해 온 셈이었다. 황경오를 의식하느라 손 잡는 정도조차 서로 경계한 것이었다.

이열이 병실을 떠나자마자 기다린 것처럼 전화벨이 울렸다. 다연이었다.

"별다른 일 없어? 이열 씨는 아직 있어?"

"이열은 갔어."

"너 알아?"

"뭘?"

다연이 머뭇거리다가 결심한 듯 털어놓았다.

"그 사람 유 선생의 정부였어."

정부의 의미가 뭔지 아연했다.

"이 년 같이 살았어. 헤어진 지 삼 년 정도 되었나……. 둘 다 좁은 업계에 있으니 그 일로 말이 많아서 나도 듣게 되었어."

알고 싶지 않았지만, 뒤를 캐지 않았지만 정보가 몰려왔다. 세상이 좁은 게 문제였다. 모든 것이 표면에 드러나고 마는 얇고 편편한 세상이다. 깊이가 없으니 감출 데라곤 없는 것이다.

"지나간 일이잖아. 그런 건 우리에게 문제가 안 돼. 그런데 왜 정부라고 하는 거야? 애인도 아니고?"

나는 이열을 지키기 위해 따졌다.

"비공식 애인이니까 그렇지 않겠어? 나이 차이를 생각해 봐."

사람들의 판단에 우선 화가 났다. 나이 같은 거 계산하기도 싫었다. 전신에서 기운이 빠르게 빠져나갔다.

"지금도 두 사람은 인맥을 유지하고 있어. 유 선생도 유 선생이지만 그 사람이 더한 거 같아. 남의 이목이나 한국 사회의 윤리나 도덕규범에 관심 없이 사는 사람. 그런 사람인 걸 알라는 거지, 뭐가 어떻다고 하는 건 아니야. 뭘 어쩌라는 것도 아니고."

다연은 문란이라는 단어를 쓰지 않고도 자기 뜻을 완곡하게 전달하고 있었다.

"그땐 왜 말 안 했니?"

나는 불쾌해서 무엇이든 트집을 잡고 싶었다.

"언제?"

"그 사람과 나 카페에서 차 마시던 날, 네가 창가를 지나가며 손 흔들었어. 그날 그 사람 봤잖아."

"아, 그날, 두 사람이 일 때문에 만난 줄로 여겼어. 그땐 굳이 사생활을 알려 줄 필요를 못 느꼈던 거야. 아마 시간이 있었더라면, 뒷담화를 했겠지만, 그땐 내가 일에 쫓기느라 틈도 없었고."

그랬다 해도 달라지진 않았을 것이었다. 그때도 지금도, 아무 일도 일어난 것이 없는 사이니까.

"이열은 사람들이 생각하는 그런 사람 아니야."

"하지만 이 바닥은 좁아. 유 선생의 영향력이 안 뻗친 데가 없는데, 넌 여기 사람들과 계속 일해야 하잖아. 사람들은 트집거리만 있으면 비하하고 밀어내려고 한다고. 너와 사귀는 걸 다들 알아봐. 하는 일마다 꼬일 거야."

언제나 일이 문제였다. 누구에게나 일이 최우선이었다. 오히려 여자들이 더 강박적이었다.

"유 선생과 동거, 정확한 거야?"

"정확해."

"네가 본 것도 아니잖아."

"많은 사람이 그렇다면 그런 거 아니니?"

사람들 사이에 거품이 생겨서 떠돈다. 맞기도 하고 틀리기도 한 소문들, 오해와 엉터리 정보들, 서로 봐주고 눈감아 주는 온갖 비리의 관계들, 혹은 서로를 물어뜯고 뒤통수를 치고 슬쩍 다리를 걸어 자빠뜨리는 관계들, 그 사이로 더러운 거품이 끊임없이 생겨나고 둥둥 떠다녔다. 입장에 따라 다르고, 저마다 아전인수인 세상에 정확한 것이 어디 있는가. 이열과 나를 인사시켜 주었던 유 선생의 표정이 어땠는지 기억나지 않았다. 그냥 예사로웠던 것 같았다.

"화났니?"

기운이 빠지는 감정의 정체가 뭔지 정확히 알 수는 없었다. 나는 이열과 유 선생의 나이를 막연히 계산했다.

"미안하다, 이런 말을 해서. 해야 할지 말지 고민했지만, 너에게 말해 주지 않으면 의리가 아닌 거 같아서."

"아니야. 네가 아는 사실이면, 당연히 말해 주어야지."

"관계란 그래도 서로 엮이는 일인데, 규범이 너무 없는 사람은, 그렇잖니."

이열이 꽤나 제멋대로 살아왔다는 것이나, 개인주의자여서 타인들의 도덕이나 윤리 규범에 전혀 갇히지 않는 사람이라는 것이나 이열의 삶이고 이열의 몫이었다. 타인들이 옳다거나 그르다며 평가할 필요가 없었다. 하지만 다연의 말대로, 관계가 생기면 다른 문제가 된다. 사람들이 나와 그를 하나로 묶어 거품을 만들 때 내가 이겨 낼 수 있는지 생각해야 했다. 서늘한 바닥에 맨발이 닿는 느낌이 싫어서 다연이 원망스러웠다. 결국 내가 극복해야 할 일이라면 모르는 편이 더 낫다는 생각이 들었다.

23

회사 건물에 들어서면 동선이 거의 같아 엘리베이터 앞에서 장을 만나는 일이 종종 있었다. 아침에 장은 대개 술과 잠에서 덜 깬 얼굴이었다. 출근길에 잠시 정신이 들었다가도, 막상 회사에 들어서면, 급격히 상태가 나빠진다고 했다. 푸석한 얼굴과 껄끄러운 음성으로 몇 마디 나누고 장은 영상 팀으로, 나는 잡지 편집 팀으로 들어갔다. 나 역시 아침 회의를 하기 전에, 커피를 잇달아 두 잔쯤 마셔야 업무 모드로 전환되었다. 그날 마주친 장은 오랜만인데도 별말이 없었다. 엘리베이터 안에서도 사람들 속에서 맞은편 벽만 쳐다보고 있었다. 그러다 내렸을 때 갑자기 내 팔을 잡아 세웠다.

"괜찮아?"

나는 당연히 교통사고 이야긴 줄 알고 두 팔을 펼치고 대답했다.

"멀쩡해."

장이 나를 빤히 보았다.

"신기하죠? 차는 반파되었는데."

장은 내 팔을 잡고 직원 휴게소로 가서 자리에 앉혔다.

"황경오와는 완전히 정리한 거야?"

장이 다짜고짜 물었다. 마음이 불편했지만 대답해 주었다.

"그만하려고요. 그 사람 전처도 그렇고……. 어려운 일 하고 싶지 않아."

나는 가볍게 보이고 싶었다. 연애란 할 수 있는 데까지만 하는 것이다. 연애란 원래 노력하지 않아도 되어야 하는 거다.

"잘 모르지만 그 사람 여기 없을 거야. 계획대로 트레킹 간 거 같아."

"황경오 죽었어."

단어의 조합을 받아들이기 어려웠다. 황경오와 죽었어라니.

장은 내 반응을 보더니 빈 테이블로 시선을 옮겼다.

"일정도 충분치 않은데 부득부득 EBC로 갔더군. 하긴 산 좀 탄다는 놈들에게 쿰부는 로망이니까. 나도 그런 놈이니 이해는 돼."

쿰부니, 3패스와 3리니 하는 말은 황경오에게서 지겹도록 들었지만 내게는 해발 오백 미터의 고개와 해발 팔천 미터의 봉우리가 현실감이 없어 그저 기호 같았다.

"거긴 늘 악천후지만, 특히 사월엔 눈사태가 쉽게 나. 컨디션도 안 좋았대. 고산병으로 계속 약 먹고 주사까지 맞았다더군. 그러면 더 쉬거나 내려갔어야 했는데 계속 올라간 거야. 사고 지점은 촐라패스였대. 눈사태가 자주 나는 곳이야. 호주인 둘과 같이 당했대."

귀가 먹먹해지더니 장이 하는 말이 들리지 않았다. 내가 반응이 없자 장이 손을 뻗어 어깨를 잡고 부드럽게 흔들었다.

"괜찮아?"

"괜찮을 리가 없잖아."

의외로 내 음성이 차분하고 또렷했다.

"미안하다."

장이 사과했다.

"동행한 포터가 정확한 지점을 짚은 덕분에 그나마 빨리 눈 속에서 찾아냈다고 해. 가족들이 가서 시신을 확인하고 거기서 장례식 치렀어. 지난주 일이야."

장은 자리에서 일어섰다. 그는 잠시 나를 내려다보더니 어깨에 손을 올렸다가 몸을 돌리고 걸어 나갔다. 느리게 흐르는 화면 속처럼 상이 오래 길이 나갔다. 시야가 흐릿해졌다. 그리고 구토증이 일었다. 고산병에 걸리면 몸이 중심을 잃고 발이 둥둥 뜬 것 같고 눈앞이 흐려지고 두통이 온다는데, 그리고 구토증이 난다는데, 나는 그런 생각을 하며 화장실로 달려가 구토를 했다. 눈물보다 구토가 먼저 나오는 것이 이상했다. 슬픔보다 모든 것을 부정하는 강력한 거부감이 먼저였다.

금요일 밤 열 시에 이열은 택시 안에 있었다. 그는 늦게까지 일하고 귀가 중이라고 했다. 이열의 음성은 가벼웠지만 피곤이 어려 있었다.

"내일 다른 일이 좀 생겼어. 네 방에 갈 수 없게 되었어."

나는 무성의하게 둘러댔다. 나의 음성이 평소와 달랐다. 이열이 가만히 듣고 있다가 물었다.

"갑자기 다른 일이 생겼다고? 수완, 무슨 일인지 말해 줄 수 있어?"

"아, 갑자기 집에 내려갈 일이 생겼어. 엄마가 병원에 입원했어."

이열은 믿지 않는 것 같았다. 잘 다녀오라고 간단하게 인사하는데, 불쾌감이 느껴졌다. 그러든 말든 나는 침대로 들어가 쓰러졌다. 잠이 오지 않아 찬장을 뒤져 언젠가 마시다 남긴 위스키를 찾아냈다. 반병 남짓을 연거푸 몸 안에 쏟아 넣고 침대에 누웠다. 잠을 잤던가, 꿈을 꾸었던가, 감각의 혼동 상태였던가. 머릿속인지, 가슴속인지, 손가락 사이인지, 어디선가 미끄러운 물방울이 계속 흘러내렸다. 물방울은 내가 잡으려 하면 미끄러져 달아났다. 그것은 아마도 내가 흘린 눈물이었다. 나는 계속해서 울었던 것이다.

전화벨 소리에 깬 것은 새벽 네 시였다.

"너는 슬퍼하지 마. 너는 그리워하지도 말고, 너는 기억하지도 마. 절대로 울지도 마. 모두 내 거야. 나만 울 거야."

황경오의 전처였다. 그녀의 울음소리를 듣자, 황경오의 죽음이 더 명확해졌다.

"그이는 내게 돌아왔어야 했는데, 이렇게 허망하게 갈 사람이 아닌데……"

돌이킬 수 없는 사실이었다. 그녀는 전화기를 잡고 비통하게 울며 나를 모욕했다.

"그이에게 너 같은 건 한 트럭도 있지만, 아내는 나 하나뿐이야. 그러니 너는 울지 마. 그이 귀에 네 울음소리가 들어가면 가만 안 둘 거야."

그녀는 또다시 협박하며, 절대로 울지 말라고 단속했다. 내게 죄책감조차 허용하지 않는 이상한 방식의 위로였다. 덕분에 나는 심장에 통증이 와도 울지 않았다. 깨어 있는 한 울지 않았다. 하지만 잠이 들면 흐느껴 우는 것을 느꼈다. 꿈속에서 황경오가 침대에 누워 나를 불렀다.

"이리 와요. 이리 와서 잠깐만, 잠깐만. 같이 누워 있자."

"출근 시간 늦었어요."

나는 머리카락을 수건으로 닦았다.

"잠깐이면 돼. 잠깐만 이리 와요."

나는 고개를 저으며 물러섰다.

"인정 없네."

황경오는 절망하는 표정을 지었다.

"빨리 씻고 나가요."

나는 엄하게 말했다. 그는 벌떡 일어나 앉더니 이불을 들치고 나와 나를 뒤쫓아 왔다. 거실로 옷방으로 부엌으로 한바탕 달렸다. 그가 나를 잡는 순간 얼굴과 목과 베개가 젖은 채 꿈에서 깨어났다.

금요일 밤에 누운 뒤 일요일 오후 네 시에야 일어났다. 삼 킬로그램쯤 체중이 빠진 것 같았다. 이제 슬픔에 맞는 체형이 된 것 같았다. 불행하고 고독한 여자가 되는 건 두렵지 않았지만 뭔가에 붙잡히는 것은 두려웠다. 슬픔조차도 나를 가두는 것은 싫었다. 불행하고 고독한 여자가 되는 것도 상관없다면, 슬퍼하지도 말고 차라리 될 대로 되라는 식으로 살아도 되지 않을까, 하는 생각이 들었다.

냉장고엔 토마토와 계란과 우유마저 떨어진 채 텅 비어 있었다. 집 안에 향을 피워 놓고 나갔다. 마트에 가서 장을 보고 꽃집에 들러 흰 국화꽃 한 묶음을 사 들고 집 앞에 왔을 때 택시가 길을 막듯 다가와 섰다. 이열은 흰 국화꽃과 파가 삐져나온 장바구니를 든 나를 당황한 얼굴로 쳐다보았다.

"여기서 뭐 해?"

나야말로 이열에게 묻고 싶은 말이었다.

"난 다른 약속 장소로 가다가 네가 없는 줄 알면서 무턱대고 왔는데…… 아니, 사실은, 네 말을 믿지 않았던 거야. 네가 거짓말한다는 걸 느꼈어. 그런데, 왜 그런 거야?"

이열의 눈빛과 음성이 단단했다. 나는 일단 걷기 시작했다. 더는 거짓말도 떠오르지 않았다. 하지만 황경오가 죽었다는 말은 할 수 없었다. 이상한 일이지만, 이열에게 모든 말을 다해 왔는데도 그 말만은 할 수 없었다. 시장 입구까지 갔다가 돌아와 헌책방 앞에서 멈추었다.

"유 선생과 그 일, 들었어. 사실이야?"

핑계를 찾다가 불쑥 나온 말이었다. 말하면서 이미 후회가 되었다. 차라리 끝까지 아무 말도 하지 않고 버티는 편이 나았다. 공허하고 차가운 침묵이 흘렀다.

"그래서 거짓말로 얼버무리고 방에 오지 않은 거야? 사실이면, 너는 그게 문제가 돼?"

문제란 만들기 나름인 것이다. 문제가 아닌 것을 문제로 삼기도 하고 문제인 것을 문제로 삼지 않을 수도 있었다.

"실망스럽네. 난 아무것도 문제 되지 않는데."

당연히 내게도 문제가 되지 않았다. 그게 왜 문제가 되겠는가. 지금이야말로 나는 제대로 거짓말을 하는 셈이었다. 나 자신에 대한 혐오감이 몰려왔다. 그런데도 황경오의 죽음에 대해서는 끝내 입에 올리기 싫었다. 이열이 알게 되면 폭탄이 터지

듯 우리의 관계가 공중분해될 것만 같았다. 미신과 같이 근거 없는 불안감이었지만, 아무리 안 그런 척해도 황경오가 우리 사이의 폭탄인 건 사실이었다.

이열이 내 모양을 유심히 보았다.

"뭘 무서워해? 베이비, 넌 안타깝게도, 걱정되는 일이 많은가 보네."

이열은 차가운 음성으로 다정하게 비웃었다. 이열은 아무리 잘난 척해도, 내 속을 가늠조차 할 수 없었다.

"넌 처음으로, 정말 나를 화나게 해. 진심으로 실망스러워. 난 너에게 진지했는데, 넌 아무것도 감당하려고 하지 않아."

그동안 쌓여 온 서운함과 불쾌감과 상처받은 마음이 한꺼번에 모여드는 것이 느껴졌다. 하지만 이열은 더는 진행시키지 않았다. 모든 것을 그대로 두고, 그 상황에서 벗어나고 싶은 듯했다. 이열은 빠르게 걸었다. 이열은 여자와의 관계를 제 손으로 끝내는 사람이 아니었다. 베이비 운운하면서 비난하지만, 끝은 나에게 맡기는 것이다. 나는 이열이 건넨 것을 받지 않기로 했다. 그가 나를 포기하지는 않기를 바랐다. 어떤 모습으로든 내 가까이 있어 주기를. 이열, 이열의 이름을 부르며 뒤따라갔지만 간격이 점점 멀어졌다. 이열, 큰 도로가 시작되는 지점

에서 이열은 택시를 잡았다. 그리고 뒤돌아서서 나를 바라보더
니 택시를 탔다. 나는 그 자리에 멈춰 섰다. 택시가 떠나자 바람
속으로 흰 꽃잎들이 날려 갔다. 나도 모르게 국화 꽃잎을 뜯고
있었다.

24

　문제의 그 해변 건물을 보러 갔을 때, 나는 첫눈에 알아보았
다. 그 폐건물이 엄마를 닮았다는 것을. 그래서 엄마는 폐건물
에 끌렸던 것이다. 불행한 사람은 조심해야 한다. 행복한 사람
이 행복에 끌리듯, 불행한 사람은 불행에 끌리기 때문이다. 동
생에게서 전화가 왔을 때 받을까 말까 망설였다. 그 애는 내게
전화한 적이 없었다. 단 한 번도. 아무래도 엄마에게 무슨 일이
생긴 것만 같았다.

　"나야, 현미."

　"그래."

　동생은 내게 어떤 식으로 말을 걸어야 할지 모르겠다는 듯

망설였다.

"언니, 잘 지내?"

현미는 그 짧은 말을 잔뜩 끌며 했다.

"응, 너는?"

"잘 지내."

"엄마는? 별일 없니?"

"응, 엄마도 잘 지내."

거대하고 묵직한 물고기가 꼬리와 지느러미를 흔들며 수족관 안을 빙빙 도는 이미지가 떠올랐다. 비늘에 금빛이 도는 새하얀 물고기였다. 용건이 나오기를 기다렸지만 현미는 가만히 있었다.

"그러면 왜, 무슨 일이니?"

결국 내가 나른한 침묵을 견디지 못하고 물었다.

"하영이와 내가 말이야."

"하영이가 누구야?"

"하영이는, 내 남자 친구야. 같이 한식과 이태리 요리를 배운 아이야."

"한식도 같이 배웠다고?"

"응, 둘 다 한식 자격증도 땄어."

"그래서?"

"엄마 건물 있잖아. 바닷가에. 비어 있는 그 건물."

커다란 물고기가 말을 한다면 그런 음색으로 그런 속도로, 그런 어순으로 뚝뚝 끊어 가며 말을 하지 않을까. 나는 긴 숨을 내쉬며 답답한 마음을 진정시켰다.

"하영이와 난 거기서 일을 해보고 싶어."

동생이 해보고 싶은 일이 생겼다니, 반가운 말이지만, 도무지 감이 잡히지 않았다. 일 이야기를 하는데도 어쩌나 무심하고 평화로운지 거의 아름답기까지 했다.

"우린 피자와 스파게티를 할 거야. 커피와 레모네이드 같은 음료와 맥주도. 스테이크는, 참 스테이크 정도만 할 거야. 개업은 직업훈련원 선생님이 도와주기로 했어."

현미는 시를 낭송하듯 메뉴를 말했다. 직업훈련원 선생님들은 수료생들의 진로에 관심이 많은 법이다. 자기들 실적이 상부에 보고되니까.

"그리고 동기 수료생들도 도와주기로 했어."

경치 좋은 곳에 자리 잡고 수준에 못 미치는 음식을 파는 레스토랑이라면 질색이었다. 사람들은 아무리 뷰가 좋아도 한번 실망하면 발길을 끊는 법이다. 나는 속으로, 지금 장난하니, 너

희보다는 차라리 내가 잘할 거야, 라며 비웃었다.

"곁에 엄마 있지?"

"엄마가, 언니에게 직접 이야기하라고 했어."

"엄마 바꾸어 줘."

"완아."

엄마는 곁에서 바짝 귀를 대고 있었는지 곧바로 나를 부르며 들어왔다.

"멀쩡한 건물을 비워 둘 바에야 해보는 게 나을 거 같다. 하영이가 착실하고. 직업훈련원 선생님도 도와준다고 하고. 내가 선생님을 만나 봤어. 선생님 하는 말이, 거기 버스 운행 편 수가 늘었으니 젊은이들 타깃으로 가격을 조금 낮게 정하면 가능성이 있대. 그리고 선생님이, 하영이도 우수하지만, 현미도 음식을 좋아하고 잘한대. 집중력이 강하다고 하네. 현미같이 진득한 애가 오히려 체질이래. 게다가 현미도 하고 싶어 해. 얘가 하고 싶은 일이 생긴 건 정말이지 생전 처음이다."

"일이 하고 싶은 거야? 사랑에 빠진 거야?"

"아무려면 어떠니? 일하겠다는 게 중요하지. 일하다 보면 살도 좀 빠질 거고. 실내 인테리어가 다 된 상태라 돈 들 일도 거의 없어. 주방에 필요한 집기도 중고 가게에서 살 거래. 요

즘 중고 가게에 새것이나 진배없는 물건들이 넘쳐난다고 하
네."

엄마는 흥분 상태였다.

"그럭저럭 꾸려 가서 이자라도 이 애들이 맡으면 얼마나 좋
니. 만에 하나 실패해도, 중고 주방 집기 값이 전부야. 그것도
또 중고로 넘기면 되니까. 하고 싶다니 하게 하자."

엄마는 내게 허락을 구하고 있었다. 엄마는 장담할 수는 없
지만 작은 희망은 가진 것 같았다. 오 년 동안이나 이자를 대며,
구세주를 기다리듯 세입자를 목 빼고 기다려 왔는데, 그게 바
로 늘 코앞에서 살을 찌우며 빈둥대던 현미라니, 이게 인생인
가 싶었다. 말리고 싶었지만 기운이 없었다.

"알았어."

"하영이가 믿을 만해."

"알았다고."

"개업식 때 한번 내려와라."

"그럴게요."

나는 선뜻 대답했다.

"그래, 다 잘될 거야. 이제 절에 등 달러 가야겠다."

사월 초파일이 다가오는 모양이었다. 엄마의 음성이 벌써 등

불을 밝힌 듯 은은하게 밝았다. 다 잘될 거라니, 막연한 말이지만 어쩐지 내 마음도 조금 환해졌다.

25

여름이 다 지날 때까지 황경오의 전처는 내게 전화를 했다. 나는 심야에도 놓치지 않고 전화를 받는 방식으로 그녀를 위로했고 그녀의 모욕은 내 죄책감을 덜어 주었다. 그 여자의 전화를 받은 날은 꿈속에 황경오가 나타났다. 그는 소나기가 퍼붓는 환한 거리에 서 있었다. 택시에서 이제 막 내린 것만 같은 몸짓이었다. 그는 어디로도 가지 않고 쏟아지는 비를 아무렇지도 않은 듯 맞고 서 있었다. 무표정하고 초연하고, 지우개로 조금지운 듯 옅은 얼굴이었다. 그는 내가 가까이 있는 것을 알지 못했다. 나는 거리로 창문이 난 어느 집 안에서 그를 몰래 보고 있었다. 문득 그가 창문 안으로 시선을 꽂으며 팔을 들어 올렸다.

빗물에 젖은 두 눈이 반짝이고, 반팔 아래로 드러난 젖은 팔이 소년처럼 곧고 단단했다. 비어있는 그의 손, 그리고 곧은 손가락과 분홍빛 도는 사각형 손톱, 손 이상의 기관인 손……. 나는 밖으로 달려 나가고 싶었지만 움직일 수 없었다. 꿈속에서 나는 그 길갓집의 창문이었다. 나는 시선일 뿐이어서, 붙박인 채 황경오를 프레임에 담기만 했다. 꿈은 늘 비슷했다. 황경오는 퍼붓는 눈 속에 서 있거나, 안개 속에 반쯤 가려져 있었다. 어디로도 선뜻 가지 않고 망설이듯, 무언가를 기다리듯 길가에 서 있었다. 초연하고 중립적인 얼굴로. 그는 나를 한 번도 보지 못하고, 언제나 나만 그를 보고 있었다. 때론 가로수가 되어 그의 곁에서 가지를 흔들기도 하고, 때론 신호등이 되어 그의 곁에서 깜박이기도 하며.

여러 번 망설이다 이열에게 전화를 했다. 그사이에 이열은 마마가 병을 앓아 경황이 없었다고 했다. 경황이 없었다는 말이 너무 힘겨웠다는 말로 들렸다. 검사 날짜를 기다리고, 검사하고, 검사 결과를 기다리는 사이에 나날이 흘러갔다고 했다. 마마는 위암 삼 기 진단을 받았다. 입원을 하면서부터 한 점 혈육인 이열은 병실에 붙어서 지냈다. 고령 때문에 수술을 망설였지만, 위 절제를 하는 편이 나을 거라는 의사의 권유로 수술을 받게 되었는데 수술 중에 간과 비장에 전이된 것을 발견해 수술 부위가 커졌다고 했다. 큰 수술을 이기기 어려운 나이였다. 마마는 중환자실에 들어갔고 이열은 중환자실 앞 보호자 대기실에 붙어 있었다. 나는 점심시간이나 저녁 시간에 중환자실 앞 복도로 찾아갔다. 이열과 나는 대기실에 우두커니 앉아 있다가 대학병원 내의 식당에서 이런저런 메뉴를 골라 밥을 먹었다. 메뉴는 다양해서 한 번도 같은 것을 먹지 않았다. 계속해서 다른 음식을 찾아 먹었지만 한결같이 쓴맛이 났다. 나와 이열은 슬프고 피로했다. 농담을 해도 소용없다는 것을 안 뒤론, 말장난도 하지 않았다. 웃지 않았고, 앞으로 뭘 하자는 계획도 세우지 않았고, 지난 일도 떠올리지 않았다. 이야깃거리도 없어졌고 말이 끊어졌다. 침울함을 겨우 숨긴 채 밥을 먹고 헤어지는 것이 전부였다. 이열의 눈빛은 시들었다. 우리 사이에 떠돌던 가볍고 잔잔한 설렘이 사라지고 단단하고 무겁고 적막한 침묵이 흘렀다. 화장실에 가서 거울을 보면 내 눈빛도 해쓱하고 아득했다. 그런데도 나는 수요일 밤과 일요일 정오에 꼬박꼬박 병원을 찾아갔다. 그리고 집으로 돌아올 때마다 이젠 안 갈 거야, 이게 끝이야, 라고 중얼거렸다.

슬픔이 어느새 내게 가장 익숙한 감정이 되었다. 나의 바닥이자 배경, 보호색, 내 정체성이 되었다. 남모를 아가미를 가진 듯 나는 슬픔에 잠겨 숨 쉬는 법을 통달했다. 어느 햇빛이 환한 일요일 정오에 병원에 갔다가 이열이 중환자실 복도에서 울고 있는 것을 보았다. 얼마나 아파야 사람이 죽는 것일까, 사랑하는 사람이 아파하며 죽어 가는 것보다 더한 폭력이 있을까. 이제 마마는 혀가 검게 녹고 있었다. 입안에서 검은 거품이 나왔다. 이열은 더는 마마의 고통과 함께할 수 없을 것 같았다. 내가 다가가자 이열은 벽 쪽으로 몸을 돌렸다. 이열은 이마를 벽에 대고 흐느꼈다. "사랑이 두려워. 사랑이 두려워……." 나는 떨고 있는 이열의 등을 쓸었다. 근육이 빠져나가 허전한 등과 척추뼈가 만져졌다. 그날 나는 황경오가 죽었다는 사실을 말하려고 마음먹고 갔지만 하지 못했다. 오래전 술 취한 일행들이 헤어지느라 얽혀 있던 늦은 밤의 식당 앞에서 사랑이 어떻게 왔는지 말하고 싶었지만 하지 못했다. 나도 사랑이 두려웠기 때문에. 대신 오늘 마마가 죽기를 기도했다. '마마, 오늘 떠나 주세요. 당신의 아들은 당신의 고통을 더는 견딜 수 없어요.'

우리는 말없이 쓴맛이 나는 점심을 먹었다. 돌아오는 길에 나는 요가 학원에 등록했다. 그 뒤로는 병원에 가지 않고 남는 시간을 요가 매트 위에서 보냈다.

끝이라고 다짐하면, 황경오가 떠올랐다. 황경오의 손가락들, 손톱, 팔의 솜털조차, 숨조차 기억 속에서 슬펐다. 나의 얼굴이 길가에 떨어져 있으면 난 알아볼까, 내 손이 길가에 떨어져 있으면 난 알아볼까. 알아보지 못할 것이다. 하지만 그의 얼굴은 알아볼 것이다. 그의 손도. 하지만 슬픔의 끝에서 황경오의 얼굴은 이열의 얼굴로 바뀌었다. 슬픔이 삶의 일부이듯, 황경오는 이열의 일부라는 듯이.

26

마마의 장례식을 치른 뒤 이열과 한동안 소식이 끊어졌다. 그러다가 이 년이 지난 뒤 살아있다는 생명 신호처럼, 레드 훅이나 키치조지, 홍콩 섬에서 엽서가 날아왔다. 이열을 생각하면 언제나 하늘에 긴 행렬을 짓고 날아가는 새들이 보였다. 그리고 내 손안에서 뛰기를 멈추지 않는 새의 심장을 느꼈다. 이열과 내가 아직 확인하지 못한 것, 접근하지 못하고 어긋난 것, 다가오기를 기다리는 것, 우리가 극복한 것, 우리 둘에게 여전히 남아있는 것. 그러니까, 아직 살아있는 서로의 생명 같은 것.

나는 그사이에 직장을 옮겼고 좀 더 큰 집으로 이사도 했다. 다연을 만나 실컷 떠들고 맛집을 찾아다니는 것이 낙이었다.

소개팅을 두 번 했지만 잘 되지 않았다. 일주일에 이틀은 밤에 요가 학원에 나가 몸에 쌓이는 습기와 피로와 권태를 잘근잘근 녹여 내 소화를 시키고, 가끔은 한밤중에 고속도로를 달리며 억눌린 것들을 피부 밖으로 힘껏 밀어내 날려 보냈다. 일을 열심히 했고, 나름대로 유쾌하고 충실하게 살았다. 이열을 다시 만났을 때 우린 조금 퇴색되었고 조금 이완되어 있었다.

"어딘지 수척해졌네."

"너도 어딘지 해쓱해 보이네. 살이 빠졌나?"

그게 우리의 재회 인사였다. 체중은 그대론데, 우린 상대에게서 뭔가가 빠져나간 걸 느꼈다. 효율적이지만 어딘가 공허하다고 할까. 그사이 이열은 가죽 재킷이 더 잘 어울리는 남자가 되었고 난 정장이 더 잘 어울리는 여자가 되어 있었다.

"밥 먹으러 가자."

깜박 잊었던 것을 떠올리듯 이열이 말했다. 우린 아무 일도 없었던 것처럼 다시 간간이 만났다. 이열은 그때나 마찬가지로 나를 먹이고 싶어 했다. 나는 말을 조심했다. 우리의 문이 아직 열려 있는지 알 수 없었다.

"너는 문을 열어 두기만 하면 돼."

이열이 그 말을 한 것도 꽤 오래전의 일이었다.

"그건 쉬운 일이야."

이제 와서 생각하니, 그것은 여러 번의 이별 사이로 기나긴 그리움을 만들어 온 마법의 주문이었다. 문을 열어 두는 것. 나는 이세 일 것 같았다. 꽃잎을 차곡차곡 모으며 기다린 이열의 마음을. 이열을 만나면서도 나는 그 당시의 이열을 늘 그리워했다. 당황스러웠다. 이열을 앞에 두고 이열을 그리워하는 나 자신이. 그리움에도 여러 종류가 있지만 눈앞에 있는 사람을 그리워하는 것이야말로 가장 난감한 그리움이다. 이젠 우리 관계의 이름조차 잃어버렸다. 연인인가, 친구인가, 지인인가, 이웃인가, 가족인가. 그중에 무엇이든 나와 이열은 역할을 잘 해내고 있었다. 우리는 계속 이해하고 잘 맞추어 주고 있었으니까. 문제는 우리가 아니라 우리 사이의 무엇이었다. 그것은 중병이 든 채로 병명을 모르는 환자처럼 서로에게서 뭔가를 찾고 있었다. 계속 상처 입으면서도 물러서지 않았다. 허기에 시달리며 숨은 호수를 찾아가는 꿈속의 여행자같이, 노숙에 시달리며 불 켜진 실내로 들어갈 문을 찾는 부랑자같이 돌아오고 또 돌아와 서로의 눈 속에서 사라진 빛을 찾고 있었다.

이따금 나는 이열의 방에서 잠이 깨는 꿈을 꾸었다. 옅은 아침 햇빛이 비치는 침실에서 이열과 나는 잠옷을 나누어 입고 서로의 발등을 문지르며 장난을 걸었다. 나는 맨 살갗에 윗도리만 입고 이열은 맨 살갗에 바지만 입고. 살갗, 살갗, 살갗이 있어서 참 좋다. 나는 그런 생각을 했다. 가장 깊은 사이에만 닿을 수 있는 살갗. 우린 살아있어. 다행히 아직 살아있어서 점액질 같은 안쪽 살갗에도 보이지 않게 모세혈관이 흐른다. 나는 약간씩 성대를 긁고 나오는 이열의 낮은 웃음소리를 듣다가 갑자기 그의 몸을 타고 올라가 온 체중을 실은 입맞춤을 했다. 내 입술에 이열의 앞니 자국이 남을 만큼 힘껏. 입안을 맴도는 희미한 구취조차 살아있는 생물의 사랑스러움이었다. 꿈속에 닿는 살갗의 감각은 현실보다 더 생생하고 선명하고 깊이 파고들어서 일주일씩, 한 달씩 이어졌다.

"공작선인장 꽃이 피려고 해. 내일 보러 올래?"

어느 날 이열이 말했을 때, 나는 내가 꾸어 온 꿈속에 있는 것만 같았다.

"이거 비밀인데, 나 네 방에 자주 가 있었어."

"무단 가택침입인데."

이열이 다 안다는 듯이 웃었다.

"이번엔 진짜 올 거지?"

"진짜 갈게."

꿈속에서 이얼과 나는 바람과 지푸라기와 노는 새처럼 노닥거렸다. 안경은 책상 위에 벗어 두고, 쌓아 둔 밀린 일거리는 쳐다보지도 않고, 미국과 일본과 북한이 무슨 짓을 했는지, 뉴스도 확인하지 않았다. 우린 간밤에 구겨진 시트를 갈고 세탁기를 돌리고 바닥을 닦고 공원 산책을 나갔다. 그리고 시트가 마르는 동안, 장을 봐 와 신선한 채소와 생선으로 점심을 만들어 서로를 먹였다. 그리고 내가 뉴스를 보고, 책을 몇 페이지씩 읽는 사이에 이열은 급한 일을 처리했다. 우리는 순간순간 토론하고 조정했지만 그런 건 중요하지 않았다. 우리는 둘 다 시끄러운 것을 싫어한다. 대신 우리는 햇살이 비스듬히 비치는 소파에 누워 손을 잡고 졸았다. 거미줄 위의 거미처럼 서로의 숨소리에 흔들리며. 꿈속에서도 지금이라고 중얼거릴 때마다 지금이 좋았다. 지금, 우린 함께 있어. 두려움과 그리움 사이에서 반쯤 포기한 것처럼 편안하게. 이젠 어디까지가 내 꿈속에서 일어난 일인지, 어디부터가 외롭고 슬픈 소망인지 구분하기 어렵게 뒤섞였다. 바깥은 오랜만에 청명하고 약속 시간은 다가오

고 있다. 욕실 바닥은 말라 가고, 거울은 깨끗이 닦였고 외출 준
비는 끝났다.

작가의 말

비스듬히 어긋난 연인 사이에 사랑을 담아 보았다. 서로에 대한 막연한 호감과 삶에 대한 관심, 끊을 수 없는 그리움과 특별한 관대함이 테두리를 이어 가지만 중심은 비어있는 사랑. 그 중심은 폐허일까, 시원일까. 이제 사랑을 배우며 서로의 폐허를 덮어 주고 시원의 맑은 얼굴을 건져 낼 수 있으면 좋겠다. 봄의 갯버들 같은 눈빛이 돌아오기를 간청하며 마지막 장을 썼다. 요즘은 특별한 이야기 없이 많은 시간을 함께 쌓으며 오래 사랑하는 사람들, 뚜렷하게 성취하는 일이 없어도 자신의 시간을 편안하게 쓰며 살아가는 사람들이 대단하게 느껴진다. 슬픔과 행복을 은밀하게 견디며 변화하고 변화를 받아들이는 내성적인 무늬가 이 세계의 아름다움인 것을 겨우 예감하며.

ROMAN COLLECTION 013

이중 연인

초판 1쇄 발행 2019년 10월 22일
초판 3쇄 발행 2019년 11월 5일

지은이 전경린
펴낸이 이수철
본부장 신승철
주　간 하지순
교　정 차은선
디자인 오세라
마케팅 안치환
관　리 전수연

펴낸곳 나무옆의자
출판등록 제396-2013-000037호
주소 (03970) 서울시 마포구 성미산로1길 67 다산빌딩 3층
전화 02) 790-6630 팩스 02) 718-5752

페이스북 www.facebook.com/namubench9
인쇄 제본 현문자현

© 전경린, 2019

ISBN 979-11-6157-071-6　04810
　　　979-11-86748-04-6　(세트)

* 나무옆의자는 출판인쇄그룹 현문의 자회사입니다.
* 이 책의 전부 또는 일부 내용을 재사용하려면
　사전에 저작권자와 도서출판 나무옆의자의 동의를 받아야 합니다.
* 이 도서의 국립중앙도서관 출판예정도서목록(CIP)은 서지정보유통지원시스템
　홈페이지(http://seoji.nl.go.kr)와 국가자료공동목록시스템(http://www.nl.go.kr/kolisnet)에서
　이용하실 수 있습니다. (CIP제어번호 : CIP2019039531)